제주 예멘

b판시선 030

하종오 시집

# 제주 예멘

도서출판 b

세계 여러 국가에는 정치, 종교, 인종 문제와 경제 문제까지 더해져서 난민이 계속 증가하고 있다.

나는 오랫동안 난민을 만드는 국가에는 분노하고, 난민을 받아들이는 국가에 대해서 관심을 가져왔다. 그러던 차에 한국으로 와서 난민 신청을 하는 예멘인이 단기간에 집중적으로 증가했다. 정부군과 반군 사이 내전이 발발한 예멘을 탈출하여 다른 국가를 거쳤다가 무사증 관광객으로 제주로 입국한 것이다.

즉각적으로 일부 한국인은 특히 청년과 여성 다수가 이들을 거부하면서 난민 수용 반대 집회를 개최하는 상황이 발생했다. 그렇지 않아도 난민 인정에 소극적이고 엄격한 한국 정부에 불만을 가진 나에겐 대단히 충격적인 사건이었다.

이 시들을 거기에서부터 쓰기 시작했는데, 엄밀하게 말해서 예멘 난민에 관한 시가 아니라, 예멘 난민 신청자들에 관한 시들이다.*

하종오

* 이 시들은 2018년 8월 한 달 동안 썼으며, huffingtonpost.kr, jejusori.net, hani.co.kr, nancen.org 등 매체에 실린 글에서도 발상의 부분을 얻었음을 밝혀둔다.

## | 차 례 |

# 아라비안나이트

소년 시절 아라비안나이트를 읽고
나는 세계명작을 만든 나라를 동경했다

아마도 한국에서 자란 소년이라면
한 편쯤 초저녁에 읽다가
밤늦도록 한 권 다 읽었을 판타지,
한 번쯤 독후감 숙제를 하려고 읽다가
재미나서 여러 번 읽었을 천일야화,
아라비안나이트를 기억할 것이다

그렇게 신비하고 그렇게 신기한
이야기를 만든 옛 사람들은
그렇게 일속에 흥미진진했겠고
그렇게 마음이 천진난만했겠다고
나는 소년 시절에 추측했었다

그 옛 사람들이 아랍인들이라면
그 후손 되는 아랍인들도

그렇게 일속에 흥미진진하겠고
그렇게 마음이 천진난만하겠다고
요즘엔들 추측하지 않을 이유가 없다

세계명작으로 일컬어지진 못해도
매사 흥미진진한 도깨비 매사 천진난만한 도깨비를
등장시킨 이야기를 많이 만든 한국 사람들 같은

# 제2외국어

한국에서 대학 가기 위해 시험을 보는
수능에서 제2외국어로
아랍어를 선택했던 이이상 씨가
대학을 졸업했다

오로지 수능 등급을 받기 쉽다는 이유로
아랍어를 공부했을 뿐
아랍어로 말을 하고 글을 쓰는
아랍인에 대해 배우지 못한 채
이이상 씨는 사회초년생이 되었으나
취업하지 못했다

내전 중인 조국에서
총 맞아 죽기 싫어 떠난 예멘 젊은이들이
갑자기 제주에 몰려들어와 난민 신청했을 때
아랍어를 쓰는 그들로 해서
이이상 씨는 실업자가 될지도 모른다는 뜬금없는 불안이
생겨

그들을 추방해야 한다고 주장했다

예멘 젊은이들이 한국에서 살아가지 않게 된다면
이이상 씨는 수능 시험을 쳤던 아랍어 한 낱말이라도
말로 하거나 글로 쓸 기회가 있을지 미처 생각하지 못했다

# 경전

어렸을 적엔 부모님의 권유로 성경을 읽었다
젊었을 적엔 스승의 권유로 불경을 읽었다
아무도 권유하지 않은 코란을
늙어서 읽어야 할지 망설인다

성경과 불경의 경구가
훤히 보이는 나이가 되고 보니
서로 다를 바가 별로 없는데
코란도 마찬가지이리라고
예단하면서 읽지 않는다면
언어도단이겠다

사람이 살아 있는 동안
바르게 살아야 하는 법을
성경과 불경에서 배워서
지금껏 살아낸 것이다
앞으로 더 살아내기 위하여
나는 사람이기에

나와 다른 사람이 읽는 경전도 읽어야 하는 것이다

좀 늦었어도 코란을 읽고
자식들에게 일독을 권유해야겠다

# 제주 예멘

제주 청년 고남도 씨는 1948년
바람 세찬 어느 날
배에 숨어 일본으로 밀항했다
폭도로 몰려 토벌대에 학살당한 이웃들이
어디에 묻혔는지 알 수 없는 제주에서
비탈밭을 일구기가 괴로웠던 그는
일본인 밑에서 허드렛일하며 겨우 먹고 살아남아
일본말을 터득하고
일본에 세금 내는 거주민이 되었으나
제주에 불던 바람이 잊히지 않아
나무들이 흔들리는 날이면 날마다
비탈밭을 떠올리다가 늙어 죽었다

예멘 청년 모하메드 씨는 2018년
바람 세찬 어느 날
비행기를 타고 제주로 입국했다
반군과 정부군이 이웃들을 사이에 두고 총질하고
동네에 폭탄 터뜨리는 예멘에서

바람에 흔들리는 나무들에 대해서도 가르치던
초등학교 교사였던 그는
농사일을 해본 적 없고
고기잡이배를 타본 적 없어
말이 통하지 않는 제주에서
난민 신청자에게 주는 생계비로 버티며
우선 먹고 살아남을 일자리를 찾으러 다니다가
바람 부는 날이면 날마다
초등학교 교실을 떠올리며 살날을 헤아렸다

# 제주바다 홍해바다

홍해바다가 바라보이는 동네에서
수평선을 바라보며 자란 레질라 씨는
제주바다가 바라보이는 동네에서
수평선을 바라보며 생각한다

바다를 사랑하는 사람들은 따지지 않는다
누가 어디로 가든
누가 어디서 오든
바다는 사방팔방으로 틔어 있으므로

제주바다와 홍해바다는
파도소리도 물빛도 다르기는 해도
수평선은 멀리서도 가까이서도 똑같다
수평선 너머 저쪽에서나
수평선 너머 이쪽에서나
누군가 서로 상대를 기다리고 있다는
느낌이 들기는 똑같다

예멘에서 전쟁을 피해 제주에 와서
아직 난민으로 인정받지 못한 레질라 씨는
홍해바다가 그리워지는 날에는
제주바다를 향해 한동안 가만 서 있는다

# 다음 식사

제주로 피난한 압바스 씨 부부는
식탁 위에 차려진 음식을 덜어 먹으며
숙식을 제공해준 이준 씨 부부에게
끼니때마다 영어로 감사 인사했다

예멘에 남은 사람 대부분은
한 끼니 때우고 나면
언제 또 식사할 수 있을지
아무도 모르는 상황에서
예멘을 떠나온 압바스 씨 부부는
한 끼니도 거르지 않는 행운을 준
이준 씨 부부에게 보답하기 위하여
싱싱하고 풍성한 식재료로
예멘 음식을 조리하여 맛보여 주기도 했다

늙으신 어른들은 물론 젊은 엄마와 어린아이까지
피난민으로 여기저기 떠도는 예멘에는
마실 물도 없고 먹을 식량도 없고 잠잘 피난처도 없고

전염병마저 돌고 있다는 신문 기사를
이준 씨 부부가 영어로 번역해 압바스 부부에게 읽어주었다

아, 아침식사라든가 점심식사라든가 저녁식사라든가
하루에 구분할 수 없는 한 끼니만 먹고 나면
내일 먹을 수 있을지 모레 먹을 수 있을지 낼모레 먹을
수 있을지
전혀 다음 식사를 예상할 수 없는 예멘은
지구상에서 지옥에 가장 가까운 나라라며
압바스 부부는 속으로 진저리 치고는
오늘도 이준 씨 부부에게 영어로 감사 인사하며
세 끼니 다 배불리 먹었다

# 위험한 존재

자카리나 씨는 무슬림이 아니다
정부군 편도 아니고 반군 편도 아니다
그는 예멘인일 뿐,
예멘에서 직업은 기사 쓰는 기자,
취미는 시 쓰기,
국민을 전장에서 살게 한
정부군과 반군을 비판하다가
위험을 느끼고 도망쳤다

제주에 온 자카리나 씨는
도리어 위험을 느끼게 하는 이국인,
아무런 종교가 없는 그가
단지 예멘인이라는 이유로 무슬림으로 취급받고
무슬림이라면 모조리 위험한 존재가 되기도 하는 제주에서
그는 또 다른 나라로 도망쳐야 할지 모른다는
두려움에 숨죽였다

이제 더 이상 떠날 여비가 없고

무사증 입국할 나라가 없는 자카리나 씨는
그래도 희망을 품고 있었다
예멘으로 돌아가서
예멘인으로 지내면서
예멘 땅에서 일어나는
갖가지 일에 대하여
낮에는 취재하여 기사 쓰고
밤에는 영감에 떨며 시 쓰고 싶었다

# 싸움

무슬림 둘이 서로에게 식칼을 겨누었다
수니파와 시아파라서
싸우는 게 아니었다

예멘에서 그럭저럭 살 만했던
무슬림 둘이 제주에 와서
예멘에선 손님으로 환대받던 식당에서
설거지나 하면서
하루하루 울화를 참다가
둘 중 누군가 빈둥거리고
둘 중 누군가 인상을 써서
혼잣말로 욕하다가 손가락질하다가 멱살잡이하다가
둘이 동시에 식칼을 잡았던 것이다

예멘에서도 수니파와 시아파가
의견이 맞지 않아 싸우는데
예멘인 둘이 제주에서 수틀리면
싸우지 말라는 법은 없었다

무슬림 둘이 아차,
추방당한다는 생각이 드는 순간
경찰이 들이닥쳤다

# 가짜 난민

가짜 난민을 가려내야 한다는 말을 듣고 나서
제주에 온 예멘인들에겐 모욕이라고 나는 생각했다

난민은 제 나라에선 생명에 위협을 느껴
날마다 어울려 놀던 햇볕과 그늘을 놔두고
언제나 걸어 다녔던 길과 동네를 놔두고
늙어 죽을 때까지 할 일거리와 일자리를 놔두고
다른 나라로 피신한 사람들,
따라서 다른 나라에서도 오로지 살기 위하여
날마다 햇볕과 그늘과 어울려 놀아야 하고
언제나 길과 동네를 걸어 다녀야 하고
늙어 죽을 때까지 일거리와 일자리를 가져야 하는 것이다

더욱이나 금세기는 누가 어느 나라에 가더라도
일을 하고 돈을 벌고 세금을 내면 거주할 수 있는
세계시민사회가 되어야 한다는 신념을 가진 나로서는
제주에 온 예멘인들 가운데서
일을 해서 돈을 벌기 위해 온 사람을

가짜 난민으로 가려내 추방해야 한다는 말은
대단한 어불성설이라고 하지 않을 수 없었다

# 중동

김일국 씨의 아버지는 한국이 가난해서
중동에 건설노동자로 나가
돈 벌어왔다

김일국 씨의 아버지가 그 돈으로
집 장만하고 결혼하고
자기를 늦둥이로 낳아 가르쳤다는 걸
그는 몰랐다

김일국 씨의 아버지가 못살던 시절을 아예 잊어버리고는
처음부터 잘살았다는 행세해도
아무렇지도 않은 나라 한국으로
중동에서 젊은 아랍인들이 난민으로 들어오자,
일자리가 줄어들지 모른다고 불안해하는 또래들과 함께
그는 강제 출국을 청원했다

물론 김일국 씨는 미취업자여도
애당초 젊은 아랍인들이 다닐 수 없는 직장을 선택해야

하는 고학력자라는 걸

그의 아버지는 자랑스러워하면서

자신이 오직 돈 벌려고 중동에 갔다가 온 이력을 감추고

늦둥이 자식의 행동거지에도 눈감았다

# 나쁜 사람과 좋은 사람

한국인을 다 나쁜 사람이라고 할 수 있을까
한국인을 다 좋은 사람이라고 할 수 있을까
한국인 중에도 나쁜 사람이 있고 좋은 사람이 있다

예멘인을 다 나쁜 사람이라고 할 수 있을까
예멘인을 다 좋은 사람이라고 할 수 있을까
예멘인 중에도 나쁜 사람이 있고 좋은 사람이 있다

어디에서나 언제나 인간은 그렇다
죄지은 죄인이 있고 선행하는 선인이 있다
한국 국민 중에도 나쁜 사람이 있고 좋은 사람이 있고
예멘 난민 중에도 나쁜 사람이 있고 좋은 사람이 있다

종교 가진 사람도 마찬가지 신앙 가진 사람도 매한가지
크리스천이라고 해서 좋은 사람만 있지 않고 나쁜 사람만
있지 않다, 그래서 모두 교회에 간다
불자라고 해서 좋은 사람만 있지 않고 나쁜 사람만 있지
않다, 그래서 모두 절에 간다

무슬림이라고 해서 좋은 사람만 있지 않고 나쁜 사람만
있지 않다, 그래서 모두 모스크에 간다

# 두 부류

비행기를 타고 국경을 넘은 사람들엔
두 부류가 있다

언제든지 돌아갈 집이 있고
집으로 돌아갈 권리가 있는 사람들, 여행자
언제든지 돌아갈 집이 없고
집으로 돌아갈 권리가 없는 사람들, 난민 신청자

윤경 씨는 국경을 넘어 여행자가 되어
이국을 구경한 한국인으로
집으로 돌아와야 했고
귀국하면 가족과 함께 지낼 수 있었다
집에서 안전하고 평온하였다

사다 씨는 국경을 넘어 난민 신청자가 되어
제주에 피신한 예멘인으로
집으로 돌아갈 수 없었고
귀국해도 가족과 함께 지낼 수 없었다

집이 포격 맞아 사라지고 없었다

비행기를 타고 국경을 넘을 때
윤경 씨는 왕복 항공권을 지니고 있었고
사다 씨는 편도 항공권을 지니고 있었다

# 커피나무

못사는 아시아 더운 나라 고원지대 마을에선
제대로 값을 받고 팔 수 있는 커피콩으로
가난에서 벗어나기 위하여
커피나무를 심는다는 뉴스를 본 적 있다
집집마다 아이들이 언덕배기 빈터에
묘목을 심어 성목으로 키우려고
학교 수업 마치면 집에 돌아와 물을 주는 모습에서
나는 커피를 담은 머그잔을 앞에 두고 고민한 적 있다
생산하는 한쪽에게 소비하는 다른 쪽이 당당해도 되는지
수고하는 한쪽에게 맛있게 마시는 다른 쪽이 미안해야 하는지

예멘인이 제주에 들어와 난민 신청한 뒤
커피나무가 예멘의 국화國花라는 사실을 알게 되었다
예멘 난민 신청자 중에
커피나무 몇 그루 심어 기르던 이가 있는지
커피나무 농장에서 노동하던 이가 있는지
나는 알 수 없지만 나와 마찬가지로
기쁠 때나 슬플 때나 외로울 때나 즐거울 때나

모두 모두 커피를 마셔왔을 것이다
커피나무를 국화로 삼은 나라에서 온 이들이라면
나와 희비애락을 같이 느끼겠다고 생각한다
꽃들 희게 피고 열매들 붉게 익는다는 커피나무,
나도 심을 수 있는지 알아봐야겠다

# 예멘 모카커피

예멘에서 해발 1천2백 미터에서 자라는
커피나무에서 얻은 원두는
쓴맛과 새콤한 맛이 어우러지고
초콜릿 향이 풍부한 고급 커피라고
전문가들이 해설한다고 한다
이 원두는 한국에서 예멘 모카커피로 불리는데
예멘의 항구도시 모카에서
세계로 팔려나갔다고 해서 붙은 이름이라고 한다

예멘 모카커피를 마시면서도
예멘이라고 하면 낯선 나라로 느끼다가
예멘인들이 제주에 들어와 난민 신청한 이후,
예멘 모카커피를 마시면서
내전으로 폐허가 된 나라 예멘을 떠올린다

오늘도 예멘 모카커피 원두를 갈면
이토록 맛있는 커피가 생산되는 땅이
그토록 처참한 전쟁터라는 사실을 되새기게 되고

이토록 맛있는 커피를 생산하는 사람들이

그토록 처참하게 고통을 받는다는 사실을 되새기게 된다

예멘 모카커피가 왜 맛있는 가운데서도 쓴지를 생각한다

# 엄청난 정보

예멘에서 직장을 다니고 집을 소유하고
그럭저럭 살던 아드난 씨는
놀라운 정보를 듣곤 했다
수니파 하디가 집권했을 때도
시아파 후티가 대항한다고 했을 때도
정치든 종교든 흥미 없던
아드난 씨는 그저 놀라곤 했을 뿐이었다

수니파 사우디아라비아가 지원하는 정부군과
시아파 이란이 지원하는 반군이
마침내 전쟁을 개시했을 때도
무슬림이 아니어서
수니파도 시아파도 싫어진 아드난 씨는 놀라서
직장보다 집보다 목숨이 더 소중해
예멘에서 현금만 챙겨 무작정 빠져나왔다

무비자로 90일간 체류할 수 있는
말레이시아로 피신한 아드난 씨는

체류기간이 만료되기 직전
무비자로 90일간 여행할 수 있는 한국이
또한 난민 신청할 수 있는
유엔난민협약 가입국가라는
엄청난 정보를 들은 데다
저가 직항 항공기를 탈 수 있는 이점까지 있어
지체 없이 제주로 입국했다

# 공용어

박한국 씨 가족과 무함마르 씨 가족이
한집에서 함께 지내고 있었다

한국에서 공부 많이 한 박한국 씨 부부와
예멘에서 공부 많이 한 무함마르 씨 부부는
영어로 말하거나 필담할 수 있어서
식사 준비나 집 안 청소하는 데 불편하지 않았다

박한국 씨 아이들은 한국어밖에 할 줄 모르고
무함마르 씨 아이들은 아랍어밖에 할 줄 몰라서
영어로 말하거나 필담할 수 없어도
손짓하며 생각을 전달하고 몸짓하며 놀았다

박한국 씨 가족과 매한가지로 무함마르 씨 가족은
비가 내릴 땐 빗소리를 알아들었고
바람이 불 땐 바람소리를 알아들었다

박한국 씨 가족과 무함마르 씨 가족은

한 하늘 아래에서 함께 잘 지냈다

# 통역기

통역기를 손에 들고
한국인 기자가 영어로 질문했고
예멘인 칼리드 씨는 아랍어로 대답했다

반군은 점령한 마을에서
청년들을 강제징집하는데
강제징집에 응한 형이
강제징집을 거부한 동생에게
방아쇠를 당기게 한 광경을 숨어 목격하고는
예물을 팔아서 도망쳤다고 말했다

한국의 육이오전쟁 때와
별다를 바 없는 사태가 벌어진
예멘 내전을 상상하며
한국인 기자는 움찔하였다

이 모습을 슬쩍 본 예멘인 칼리드 씨는
무슬림 대다수가 평화를 사랑하고

전쟁을 싫어한다면서
아랍어로 한마디 더했고
한국인 기자는 통역기를 통해 영어로 한마디 더 들었다
반군은 돈을 갖다 바치는 청년은 봐주고
돈을 갖다 바치지 못하는 청년에겐 총을 쥐여줬다,고

# 식당

난민 신청자 아난 씨가
취업할 수 있는 식당이
제주에는 많지 않았다

아난 씨가 취업할 수 없는 식당은
규모가 커서 종업원이 필요하나
돼지고기를 식재료로 썼다

아난 씨가 취업할 수 있는 식당은
돼지고기를 식재료로 쓰진 않으나
종업원이 필요 없는 작은 규모였다

아난 씨는 무슬림,
평생 돼지고기를
손으로 만지지 않고 입에 대지 않다가
의식주를 해결해야 해서
규모가 큰 식당에 취업했다가
며칠 만에 그만두었다

난민으로 인정받기 위해서
제주에서 한동안 살아가야 한다 해도
이슬람에서 금하는 음식을 만질 순 없었다

# 농장

예멘에서 커피나무를 보살핀 적이 있어
제주에서 감귤나무를 보살피는 일도
금방 손에 익으리라 싶어서
젊은 아볼난서 씨는 감귤농장에 취업했다

늙은 농장주인은 힘깨나 있어 보이는
젊은 아볼난서 씨를 반갑게 맞아주었으나
일을 시킬 수 없다는 걸
금방 알아차렸다
한국말을 젊은 아볼난서 씨는 몰랐고
아랍말을 늙은 감귤농장주는 몰랐다
손짓과 표정으로 당일에 할 일과
농기구를 아무리 설명해도
젊은 아볼난서 씨가 알아듣지 못했다

농사일이라고 해도
작목에 따라 기술이 다 달라서
힘쓴다고 잘할 수 있는 일이 아니었다

늙은 농장주인이 손수 다하지 않으면 안 되어
젊은 아볼난서 씨는 하루 만에 해고되었다

# 예물

서울 살던 젊은 김기연 씨는
예물을 팔아 제주에 왔다

예멘 살던 젊은 아난 씨는
예물을 팔아 제주에 왔다

서울에서나 예멘에서나 제주로 오는 데
사연이 다 달라도
결혼 예물을 팔아야 할
사정은 있었다

젊은 김기연 씨는 도시에서 삶의 의미를 찾을 수 없어
아내를 설득하여 제주에 전원생활을 하러 함께 왔고
젊은 아난 씨는 전장으로 끌려가 개죽음을 당할 수 없어
아내를 설득하여 제주에 난민이 되려고 함께 왔다

수중에 돈이 없으면
결혼 예물을 파는 것은

서울 사람이나 예멘 사람이나 같아도
용도가 달랐다

# 트라우마

헤미에르 씨는 전혀 모른다
정부군 탄환에 맞았는지
반군 탄환에 맞았는지
시가전이 벌어졌을 때
귀가하던 길이었다
총소리가 가까이 들렸고
한순간 고꾸라졌다가 일어나
집으로 뛰어들어갔다
탄환이 허벅지를 스쳐지나가
상처는 쉬 아물었으나
마음이 늘 불안하여
예멘을 탈출하였다

헤미에르 씨는 제주에 들어와
난민 신청하고 나서도
마음이 불안하기는 마찬가지였다
때때로 예멘에서 탄환이
지구를 휙 돌아 날아와서

가슴속에 박히는 착각도 했고
머릿속을 지나가는 착각도 했다
정부군이나 반군에게
가슴과 머리를 내놓아야 내전이 끝난다면
다신 예멘으로 돌아가지 않겠다고 결심했다

헤미에르 씨는, 하지만 탄환에 맞았던 트라우마 때문에
난민으로 인정받아도 치료부터 받지 않으면
제주에서 할 수 있는 일이 별반 없었다

# 찬반 집회

예멘 난민 찬반 집회를 열었다고 했다
차도를 사이에 두고 양쪽 인도에서
제주로 온 예멘인들을 난민으로
인정하지 말라는 구호와
인정하라는 구호를 외쳤다고 했다

텔레비전 뉴스를 보면서
한 문제에 대하여
시민이 찬반 의사를 표현하고 있다면
건강한 사회라고 고개 끄덕이다가
난민 문제에 대하여
반대 집회 참가자가 찬성 집회 참가자보다
그 수가 많다 해서 고개를 흔들었다
더구나 젊은이와 여성이 대다수,
여론 조사도 그렇다고 해서 충격을 받았다

일제식민지 시대부터 독재정권 시절까지
탄압을 피해 이 나라를 떠난 한국인들과

전 지구적 자본주의 시대 글로벌 시대에
내전을 피해 이 나라를 찾아온 예멘인들은
속사정이 다르지 않다고 생각했다

이다음 찬반 집회가 열리는 날
찬성 집회에 참가해야겠다

# 끔찍한 인간사

사람이란 먹고살 것이 없으면
못할 짓이 없게 된다
나도 먹고살 것이 없던 한때
못할 짓이 없는 심정이 되어
참담한 적 있었다

광에서 인심난다는 옛말이 있지만
그저 베푸는 것보다
일해서 먹고살도록
일자리를 마련해주는 것이
진정 도와주는 방법이다

한국에 온 난민이
먹고살 것이 없는 빈민이 되면
못할 짓이 없게 된다는 말에
나는 동의한다
그리고 이국에서 온 난민에게
한국인에 동화하기를 바라지 말아야 한다고

나는 주장한다

한국인도 각자 서로 달라서 말싸움도 하고 몸싸움도 한다

사람이 모두 생각과 느낌이 같은 존재가 되어버리면

혹자가 도둑을 꿈꾸게 될 때 나머지도 따라서 도둑을 꿈꾸게
되고

또 혹자가 죽음을 꿈꾸게 될 때 나머지도 따라서 죽음을
꿈꾸게 된다

# 나쁜 사람 착한 사람

공자가 살던 그 시대엔 세 사람이 길을 가면
그중에 스승이 한 명 있었다던가
내가 사는 이 시대엔 세 사람이 한곳에 모이면
그중에 나쁜 사람이 한 명 있다고
말하지 않을 수 없다
심하게 말해서
한국인이 500여 명 사는 동네에 가면
나를 비롯한 여러 명이 나쁜 사람일 수 있고
나를 뺀 모두가 착한 사람일 수 있다
따라서 예멘인이 500여 명 사는 동네에 가면
누군가를 비롯한 여러 명이 나쁜 사람일 수 있고
누군가를 뺀 모두가 착한 사람일 수 있다
그래도 아무리 그래도
예멘에서 온 무슬림이라고 해서
잠재적 범죄자로 바라보는 것은
500여 명이 사는 동네에 가면
오직 그 자신이 잠재적 범죄자가 될 수 있고
나머지는 선량할 수 있다는 걸 잊어버렸기 때문이다

한국인이든 예멘인이든
500여 명이 사는 동네에 가면
나쁜 사람이 있을 수 있다

# 아랍인

삼국유사에 나오는 처용은
역신을 물리친 인물로
아랍인이라는 일설이 있다
이 주장대로라면 아랍인은
오랜 옛날부터 한국인과는
인연이 깊다고 할 수 있을 것이다

예멘인이 제주에 들어와
난민 신청을 한 후로
아랍인을 두려워하는 사람이 많아졌다
한국인도 인상을 쓰면 무서운 법이니
하물며 낯선 얼굴을 한 아랍인이라면
안 무서울 수도 없을 것이다

예멘에서 싸우고 있는
이슬람 수니파와 시아파와는 완전히 다른 무리인
이슬람 극단주의자 알카에다와 IS가 테러리스트라서
모든 아랍인을 한통속으로

한국인 일부가 보는데,

기왕이면 제주에 들어온 예멘인을

일설대로 역신을 물리친 처용과 같은 아랍인으로 본다면

좀 가깝게 느낄 수도 있을 것이다

# 제주가 어떤 국가냐고 물었다

술라이만 씨가 제주로 떠나겠다고 말했을 때
아버지어머니는 제주가 어떤 국가냐고 물었다
무사증으로 입국할 수 있으며
난민 신청을 할 수 있는 법이 있는
한국의 관광지로 안다고 대답했다

또, 술라이만 씨가 제주에 함께 가자고 말했을 때
아버지어머니는 체력도 여생도 별로 남아 있지 않다며
젊은 아들만이라도 전쟁 없는 곳에서 오래 살라고
주머니를 털어 여비를 몇 푼 보태주었다

오로지 살아남아야겠다는 일념으로
예멘을 떠나 제주에 관광객으로 들어온
술라이만 씨는 바로 난민 신청을 했고
양식장에 취업하여 숙식을 해결하고 있었다

제주는 비행기나 배로만 들어올 수 있는 섬,
걸어서 아무 때나 아무 데나 나갈 수 없어서

국경만 없을 뿐 국가나 마찬가지,
예멘인에게 출도 금지되었다는 정보를 듣고
언제 예멘으로 돌아가 아버지어머니를 만날 수 있을지
술라이만 씨는 먼 수평선을 멍하니 바라보았다
서로 맞대고 일렁이는 저 하늘과 바다가
관광객에겐 제주를 한없이 아름답게 보이게 하겠다 싶은데
지금 난민 신청자인 자신에겐
제주를 담벼락이 끝없이 둘러쳐진 감옥으로 보이게 했다

# 해석

내전 중인 예멘을 탈출하기로
바사르 부부가 결심한 이유는
음식과 옷과 집도 없기 때문이기도 했지만
이슬람이 수니파와 시아파로 갈라지고
정부군과 반군으로 나누어져서
몇 년째 내전을 하고 있는 예멘에선
아기를 낳아 키우고 싶지 않았기 때문이었다

제주에 도착한 바사르 부부는
고향 마을에서는 볼 수 없는
바다와 산의 풍광에 사로잡혀
즐거이 난민 신청을 했으며
지원 단체의 도움을 받아
한국인 중년부부의 집에
당분간 머물 수 있게 되었다

남편 바사르 씨는 농장에 취업했으며
아내는 코란을 읽으며 시간을 보내거나

한국인 중년부부를 도와 집안일을 하였다
그러구러 아기를 순산하여 너무나 기뻤으나
아기가 한국에서 태어났어도
한국인으로 살아가지 못할 수도 있으며
예멘인으로 살아가야 할지도 모른다는
법률적 해석을 듣고는 너무나 슬펐다

# 긴 줄

예멘 고향 마을에선 정부군에게
한 끼를 배식받기 위해
아부탈립 씨는 긴 줄에
부모님과 함께 서 있었고
제주 출입국 외국인청 앞에선
난민 신청서를 내기 위해
긴 줄에 혼자 서 있었다

부모님을 모시고 오지 못한 불찰을
후회하는 아부탈립 씨는
제주에 내리는 따스한 햇볕을 쬐면서
예멘에 내리는 뜨거운 햇볕을 쬐면서
수수 그늘 아래 하염없이 앉아 계실
부모님을 떠올리면 죄송하기 그지없었다

예멘에서나 제주에서나
살아남기 위해 긴 줄에 서 있는 데 익숙해진
아부탈립 씨는 차례를 기다리는 가운데

목적지에 조금씩 다가가는 게 인생이라고
경전에 적혀 있지 않아도
그 말이 진리라고 한다면
난민으로 인정받아 제주에 정착하여서
예멘에서 부모님을 모셔올 때까지
긴 줄에 서서 기다릴 수 있었다

# 야영 1

예멘에서 말레이시아 거쳐 제주로 온
청년 이브라힘 씨는 숙소를 구하지 못해
바닷가 야영장에 텐트를 쳤다

산이 멀고 바다는 더 먼 고원 마을에서 자라
소도시로 나와 공부한 청년 이브라힘 씨는
막노동을 해보지 않은 전기기술자지만
바닷가 야영장 텐트에는 전등조차 없어
저녁이면 파도소리를 들으며 일찍 자고
아침이면 일찍 일어나 산머리를 올려다봤다

청년 이브라힘 씨는 하루 종일 서성거리며
예멘에서 내전을 멈추지 않는 이슬람 두 종파,
수니파와 시아파의 정치 권력자들이
율법을 지키지 않는다며 분노도 했고
고원 마을에서 농사짓는 부모님이
무사히 살아계시기를 빌며 걱정도 했다

청년 이브라힘 씨는 독실한 무슬림,
휴가철이 아닌 제주 바닷가 야영장 텐트 안에서
라마단 기간에 고요하게 지낼 수 있어 좋았다
낮에는 오롯이 금식하고
저녁에는 홀로이 식사하였다

# 야영 2

부모님은 올해도 감자밭을 일궜겠지
제주 바닷가 야영장 텐트에서
예멘 청년 이브라힘 씨는
휴대용 가스레인지에 불 켜고
냄비에 감자를 삶으며
고원 마을에서 농사짓는
부모님을 떠올리는 한편
수중에 남은 돈을 계산해봤다
전기기술자인 이브라힘 씨는
난민 신청했으나
아직 취업하지 못했다
제주에서 전기기술자로 일할 순 없었고
기껏 농장에서 일당벌이밖에 할 수 없었다
그마저 일손이 서툴러 며칠 만에 잘렸다
청년인 지금 이런 생활할 줄 알았더라면
고원 마을에서 자라던 어린 시절에도
감자 농사짓던 부모님한테 농사일을 배워둘 걸
좀 후회하며 감자를 아껴 먹었다

빈터를 찾아 채소 심고 싶은 이브라힘 씨는

# 야영 3

제주 바닷가 야영장 텐트 생활에 적응한
이브라힘 씨는 바람 부는 밤이면
이런 잡생각도 할 수 있었다
이브라힘 씨가 예멘 고원 마을에 남아 있다가
반군에 강제징집되어 총을 들었다면
전쟁은 피아 중 한쪽이 죽기를 요구하므로
정부군이 먼저 쏜 총알에 맞았을 수도 있었겠다고

그렇기는 해도 아군도 적군도
주민을 죽일 수 있는 전쟁을 일으킨
정부군과 반군도 다 싫어하는 자신은
누굴 향해 총을 쏘아댔을지
이브라힘 씨는 상상할 수 없었다

예멘에도 밤바람이 불 것이다
이브라힘 씨와 친했던 고원 마을 친구가
정부군이나 반군에 들어가 있다면
바람 부는 밤이면 이런 잡생각도 할 수 있을 것이다

정부군이 주도하는 전쟁이나
반군이 주도하는 전쟁이나
똑같은 점이 있다면
상대방을 죽여야 자신들이 산다는 것이고
자신들이 살기 위해 상대방을 죽인다는 것이라고

# 야영 4

예멘 청년 이브라힘 씨는 한국에 처음 왔다
제주 바닷가 야영장 텐트 안에 누워서
파도소리보다 바람소리에 귀 기울인다
예멘 고원 마을엔 바다가 너무 멀리 있어
아예 파도치는 소리가 들리지 않았고
바람에 수수가 서걱대는 소리를 냈었다

예멘 청년 이브라힘 씨는 제주에 부는 바람도
수수가 서걱대는 소리를 내는지
신경을 곤두세워 듣는다
언제 끝날지 모르는 전쟁 중에도
아버지는 밭 갈아 수수씨를 심고는
열매를 쪼러 오는 새 떼를 쫓아내고 있을까
내전에 참가한 정부군과 반군은
먹지 못하면 총 쏠 힘도 없고
상대를 죽이기 위하여 자신들은 먹을 테고,
그 틈바구니에서 죽을지 살지 모르는 아버지는
양식을 마련하려고 농업을 계속하겠지

정부군이나 반군 어느 편이 보호해줄지 모르겠지
정부군이나 반군 어느 편에게 빼앗길지 모르겠지

예멘 청년 이브라힘 씨는 내일 일어나면
제주 바닷가 야영장 텐트 안에서 나와
처음 온 한국에서도 수수 농사를 짓는지
밭들을 둘러봐야겠다고 작정하면서
바람소리에 귀 기울이며 잠을 청한다

# 야영 5

한 마을이 이루어지기까지
누구누구가 만들었다고
단언할 수 없다
나무들이 걸어오고
새들이 날아오고
풀들이 옮겨오고
벌레들이 몰려와
고원과 사막과 평원을 나눌 때
사람들이 선택한 곳이
마을이 되었다
그런 예멘에서 전쟁하여
마을을 파괴하는 무리들을
이브라힘 씨는 용납할 수 없다
아기 때부터 청년이 된 지금까지
예멘에서 살 적에 이브라힘 씨는
나무들과 함께 산을 찾아다녔고
새들과 함께 바람을 불게 했고
풀들과 함께 꽃 피우는 철을 늘리려고

벌레들과 함께 울었다
전쟁을 피해 와서
제주 바닷가 야영장에 텐트를 친
이브라힘 씨는 한국의 마을에서도
나무들과 함께 산을 찾아다니려고
새들과 함께 바람을 불게 하려고
풀들과 함께 꽃 피우는 철을 늘리려고
벌레들과 함께 울려고
날마다 서성거리며
날마다 두리번거리며
기회를 엿보고 있다
누구나 살 만한 한 마을을 이루는 데
이보다 더 좋은 방법은 없다고 장담했다

# 야영 6


예멘에 알라가 계셔서
이슬람 수니파와 시아파에게
전쟁을 일으키게 놔둔 것까지는
인간들이 부리는 권력욕이 어떤지
인간들이 스스로 알게 하도록
일단 두고 보시겠다는 뜻이라고 치더라도
총 들지 않은 아이와 여성과 노인들을
폭격에 죽게 하는 것은
인간이 지닌 존엄성이 사라지는 건데
언제까지 두고 보실까
제주 바닷가 야영장에 텐트를 친 후로
고즈넉한 시간을 보내는 날이면
이브라힘 씨는 의문했다
수니파를 돕는 이웃나라도
시아파를 돕는 이웃나라도
알라를 위해서가 아니라
자신들의 권력욕으로 참전했다는 걸
아이와 여성과 노인들을 죽게 하는 짓만으로도 증명되지

않을까

　　알라는 이슬람을 수니파와 시아파로 나누지 않았는데

　　인간들이 나누었다고 믿는 이브라힘 씨,

　　다시 또 의문했다

　　예멘에서 아이와 여성과 노인들이 없어지면 예멘에서 알라

도 없어지지 않을까

# 야영 7

제주 바닷가 야영장 텐트에서
생활한 지 며칠 되지 않아
자신이 빈자라는 사실을
이브라힘 씨는 실감했다

예멘에서 식료품가게 하며
그럭저럭 지냈으나
정부군과 반군 중
어느 쪽에선가 쏜 포탄을
가까스로 피했다가
정부군이 퇴각하고
반군이 점령한 도시에서
강제징집을 당하려 해서 탈출했을 때
이브라힘 씨는 이미 빈털터리였다
정부군과 반군이 벌인 전쟁에서
가족관계도 인간관계도 사업관계도
말소리도 바람소리도 빗소리도
나무도 꽃도 풀도 결딴났고

사랑이라는 감정마저
기쁨이라는 기분마저
아름다움이라는 느낌마저 빼앗겼다

겨우 살아남아 도착한
제주 바닷가 야영장 텐트에서
빈자로 지내다 보니
뒷날에도 살아가야 하는
인간이라는 사실만 오롯했다

# 야영 8


제주 바닷가 야영장 텐트 안에 누워서
청년 이브라힘 씨는 자신에게 물었다
전쟁하면 어떻게 되지?


전쟁터에서 가까스로 도망친
무슬림 청년 이브라힘 씨는
이슬람을 위하여
예멘에서 전쟁하라는 계시나 예언이
코란에 적혀 있지 않는데
이슬람이 수니파와 시아파로 갈라져
예멘을 전쟁터로 만들어버린 잘못을
용서할 수 없었다


제주 바닷가 야영장 텐트 안에 누워서
청년 이브라힘 씨는 자신에게 또 물었다
전쟁하면 어떻게 되지?


자문自問이 반복되는 밤마다

청년 이브라힘 씨는 잠들지 못했다
피아가 서로 죽이기 시작해서
덜 죽은 편이 더 죽은 편을 지배하고
이미 죽은 자들은 잊힐 예멘으로
언젠가 돌아갈 수 있다는
일말의 가망도 보이지 않아서
다행이라 여겨질 지경이었다

# 야영 9

제주 해안가 야영장 텐트에
식품이 바닥나고 있었다
할랄 컵라면 몇 개 남아 있었다
예멘에서 먹는 문제로
심각하게 고민하지 않았던 이브라힘 씨는
예멘 떠나던 날부터
심각하게 고민하기 시작했다
너무나 당연하여 고민되지 않았던 먹는 문제,
이브라힘 씨가 자립한 이후로는
온통 먹는 문제를 해결하기 위해
돈을 벌러 다녔던 것 같았다
전쟁을 피해 온 제주에서
문제는 더 심각해졌다
생각해 보면
예멘에서 정부군과 반군이
총을 겨누며 서로 죽이는 전쟁은
먹는 문제를 해결하려는 최악의 방안이었고
제주에서 이브라힘 씨가 써낸 난민 신청서는

먹는 문제를 해결하려는 최선의 방안이었다
이브라힘 씨가 난민지원 단체에서 받아온 식품
할랄 컵라면 몇 개로
제주 해안가 야영장 텐트에서
더는 버티기 힘겨웠다

# 야영 10

태풍경보가 내려졌다
제주 해안가 야영장에서
이브라힘 씨는 텐트를 거두었다

이슬람 수니파와 시아파가
예멘에서 벌이고 있는 내전과
제주에 와서 난민으로 인정받으려는
예멘인들에 대해 생각할 수 있도록
제주 해안가 야영장 텐트 안에서
홀로 있는 시간을 주신 알라에게
이브라힘 씨는 감사하며
임시 공동 숙소를 찾아갔다
예멘인들과 인사한 이브라힘 씨는
처음 만나지만 낯익은 얼굴들에서
자신이 예멘인이라는 게 새삼스러웠고,
함께 식탁에 둘러앉은 예멘인들은
식사하는 이브라힘 씨에게
자신들의 얼굴이 겹쳐지는 게 새삼스러웠다

바람이 휘몰아쳤다
비가 세차게 내렸다
이브라힘 씨와 예멘인들은
식후에 정담을 이어갔다

# 임시 공동 숙소 1

예멘 청년들은 임시 공동 숙소에 모여 지냈다
키 크고 건장해 보여도 저마다 편치 않았다
예멘에서 말레이시아로 가는 항공권 구입하고
또 제주로 오는 항공권을 구입할 능력을 지녔다면
고원지대 농부나 해안지대 어부가 아니었다
제법 공부를 했을 것이며
괜찮은 직장을 다녔을 것이며
그럭저럭 돈을 모았을 것이다
그래도 예멘에선 물론 말레이시아에서도
만나지 못한 자국민을
제주에서 처음 만나 인사하는 임시 공동 숙소에서
예멘 청년들은 본업을 좀체 말하지 않았다
누가 부유하고 누가 가난하다고
말해선 안 되는 난민 신청자,
누가 더 똑똑하다거나 누가 더 어리숙하다고
말할 수 없는 난민 신청자,
누가 제주에 남을지 누가 예멘으로 돌아갈지도
말하지 못하는 난민 신청자,

제주에서 예멘 청년들은 모두 똑같은 난민 신청자였다
소개받아 일자리를 찾아갔어도
어선을 탄 예멘 청년도 농장에 간 예멘 청년도
예멘에선 고기잡이도 농사도 해본 적 없어
짧게는 하루 만에 길게는 사나흘 만에
임시 공동 숙소로 되돌아왔다

# 임시 공동 숙소 2

임시 공동 숙소에 젊은 미용사가 찾아왔다
예멘 청년들이 난민 심사를 받기 위해
심사관과 면담하는 날에 맞추어
무료로 이발해 주기 위해서였다
이국을 떠돌아다니느라
스스로 깎지 못한 머리카락을
시시때때로 손으로 쓸어 올리던
예멘 청년들이 각방에서 마당으로 나왔다
한 사람씩 수건을 두르고 의자에 앉아
머리카락이 가위에 잘려 다듬어질수록
제 얼굴이 보이는 거울을 통해
예멘 청년들은 너그러운 아버지의 얼굴을 보거나
맑은 어머니의 얼굴을 보았다
예멘에 전쟁이 끝나면 돌아가리라고
결심하는 예멘 청년들,
일단 내일 면담에서 난민으로 인정받아
한국에서 살아가는 게 급선무라고 마음 다잡으며
젊은 미용사에게 감사 인사했다

이발을 다 마친 젊은 미용사는
예멘 청년들의 말쑥해진 모습에
싱긋, 웃으며 임시 공동 숙소를 떠났다

# 임시 공동 숙소 3

임시 공동 숙소에 와서
조국에선 만나지 못한 동년배를
이국에서 만나 통성명했다
제주에선 통하지 않는 아랍어가
비로소 유용하게 쓰이는 장소,
그러나 인사말 말고는
말소리가 별로 나지 않았다
누구는 정부군을 피하여
누구는 반군을 피하여
예멘을 탈출하여 겨우겨우 도착한 제주,
임시 공동 숙소에 온 예멘 청년들 중에는
수니파니 시아파니 묻지 않은 채
코란을 묵독하는 자가 있었고
고향이 어디냐고 묻지 않은 채
창밖 하늘을 쳐다보는 자가 있었고
직업이 무엇이었느냐고 묻지 않은 채
벽에 기대 앉아 빈둥거리는 자가 있었다
임시 공동 숙소에 머무는 동안

난민으로 인정되지 않는다면
그런 질문들은 아무런 위로가 되지 않았다

# 임시 공동 숙소 4

수학교사 한 아마드 씨
프로그래머 한 압둘라 씨
오퍼상 한 카아탄 씨
청년 셋이 제주에 와서
난민 신청해 놓고는
식당과 양식장과 어선에
숙식까지 제공하는 조건으로 취업했다가
며칠 만에 그만두고는
임시 공동 숙소에 되돌아왔다
아마드 씨는 식당에서 식기를 씻었고
압둘라 씨는 양식장에서 사료를 주었고
카아탄 씨는 어선에서 그물을 갰는데
청년 셋이 예멘에선 해보지 않은 일이었다
일솜씨가 있고 기운이 넘쳐
아무런 일자리가 주어져도
최소한 석 달간 족히 버텨야 하는데
임시 공동 숙소에 머무는 또래 청년들은
육체노동을 생업으로 가져본 적 없어서

청년 셋이 퇴사한 일자리에
아무도 지원하지 않았다
누구나 예멘에 내전이 끝나면 돌아가서
원래 직업 되찾는 꿈을 품고 있었다
다시 수학교사 하고 싶은 아마드 씨
다시 프로그래머 하고 싶은 압둘라 씨
다시 오퍼상 하고 싶은 카아탄 씨

# 임시 공동 숙소 5

제주에 태풍이 왔다
임시 공동 숙소에 머물고 있는
예멘 청년들은 예멘에 왔을
우기를 떠올렸다
거센 바람에 나뭇가지가 꺾이고
굵은 빗줄기가 휘몰아치는
풍경을 응시하면서
빗소리를 듣다가 우울해진 아흐메드 씨는
정부군이 쐈는지 반군이 쐈는지
알 수 없는 총알 여러 발이
몸에 박혀 죽은 동생을 슬퍼했고,
고원 마을이 고향인 압드라보 씨는
폭우에 수수가 쓰러지지 않을지
홍수에 감자가 쓸려가지 않을지
밭에 나가 살피는 아버지를 걱정했고,
더 많은 예멘 청년들은 창밖으로 팔을 뻗어
손바닥에 빗방울을 받아보면서
전투가 벌어져서 길이 파이고

벽이 무너지고 집이 부서졌을 동네를 떠올리며
빗물에 젖은 손으로 얼굴을 문질렀다
제주에 태풍이 지나가는 시각
예멘 청년들은 임시 공동 숙소에서 말없이 지냈다

# 임시 공동 숙소 6

도시 동네 출신 무함마드 씨와
고원 동네 출신 무함마드 씨와
해안 동네 출신 무함마드 씨가
임시 공동 숙소에 머물고 있었다

예멘에서 세 청년은 안면이 없다가
제주에 와서 우연히 인사하고 보니
출신이 달라도 난민 신청자이기는 매한가지여서
동명이인이라고 해도 달갑지 않았다
이름이 같다고 해서 운명이 같을 순 없었다

예멘에서는 흔한 이름
무함마드로 불리는 세 청년은
제주에서 난민으로 인정받기 위해
수니파니 시아파니 입 밖에도 내지 않는
평범한 무슬림으로
말조심도 하고 몸가짐도 조심했다

부디 임시 공동 숙소를 나올 무렵엔
좌우간 예멘에 휴전이든 정전이든 종전이든 되어서
도시 동네 출신 무함마드 씨는 도시 동네로 돌아가
고원 동네 출신 무함마드 씨는 고원 동네로 돌아가
해안 동네 출신 무함마드 씨는 해안 동네로 돌아가
제명대로 살아가다가 죽기를 소원하면서
오늘 연명한 하루도 제명이라며 씨익 웃었다

# 임시 공동 숙소 7

허우대가 탄탄해 보여도 마음병이 생긴
예멘 청년들이 임시 공동 숙소에 있었다
길바닥에 발바닥이 붙들리는 듯한 착각을 하는 청년도
바람소리에서 신음소리가 나는 듯한 환청을 듣는 청년도
나뭇가지에 뒷머리 찔리는 듯한 통증을 앓는 청년도
난민으로 인정받기 위해 시간을 견디고 있었다
이슬람이 두 파로 갈리어 무지막지한 전쟁을 함으로써
자국민이 국경 넘어 피난하지 않으면 안 되는 사태는
알라도 계시하지 않았고
마호메트 예언자도 예언하지 않았다고
무슬림 예멘 청년들은 말하고 싶지만 서로 입 다물었다
지금은 다만 살아남기 위하여
살아남아 예멘으로 돌아갈 날을 위하여
마음병을 잘 다스려야 했다
더욱이나 마음을 편치 않게 하는 것은
한국인 중에서 더러는 자신들에게서 위협을 느껴
추방해야 한다며 집회까지 여는 일이었다
임시 공동 숙소에 머물고 있는 예멘 청년들은

누군가에게 주눅 들어 있는 것 같았고
무언가에 눌려 있는 것 같았고
어디로 더는 옮겨가지 못할 것 같았다
얼굴 팔다리 피부 따위 외모가 낯선 이국인일 뿐,
울퉁불퉁한 길바닥을 걸어갈 땐 한국인처럼 조심하였고
가느다란 바람소리를 들을 땐 한국인처럼 귀를 기울였고
푸른 나뭇가지를 쳐다볼 땐 한국인처럼 눈빛을 빛냈다

# 임시 공동 숙소 8

아마드 씨는 식당에 식기를 씻으러
압둘라 씨는 양식장에 사료를 주러
카아탄 씨는 어선에 그물을 개러
다시 가기로 결심했다
임시 공동 숙소에서 빈둥거리면서
날마다 무료로 제공되는
끼니를 먹고 잠자리에서 뒤척이는 것보다
하찮은 직업이라도 가지고 돈 벌어 자립하는 것이
난민 신청자가 살아내야 하는 생이라고 생각했다
언젠가 예멘으로 돌아가면
아마드 씨는 수학교사 하겠다는
압둘라 씨는 프로그래머 하겠다는
카아탄 씨는 오퍼상 하겠다는
꿈은 꿈대로 꾸되,
제주에 머물고 있는 동안엔
아마드 씨는 식당에서 식기를 씻는
압둘라 씨는 양식장에서 사료를 주는
카아탄 씨는 어선에서 그물을 개는

일은 일대로 하는 사람이 되려고 했다
진정한 무슬림은 언제 어디서 무슨 일이든
노동을 하고 대가를 받고 세금을 내는 법이라며
아마드 씨와 압둘라 씨와 카아탄 씨가
임시 공동 숙소에서 나갔다

# 임시 공동 숙소 9

임시 공동 숙소에서
예멘 음식을 만드는 주방장으로
야흐야 씨가 뽑혔다
예멘에서 조리사 자격을 따고
식당을 열었던 야흐야 씨는
전쟁으로 건물이 부서져버리자
예멘을 떠나 제주로 왔다
한국 음식을 만들지는 못해도
설거지를 잘할 수 있어
쉽게 식당에 취업하여 지내다가
예멘 난민 신청자들을 위하여
예멘 음식을 만들 수 있다고 해서
기꺼이 주방장이 되었다
집 떠나면 배가 더 고파지는 것은
머무를 곳이 없고
의지할 가족이 없기 때문이라는 걸
제주에 와서 실감한 야흐야 씨,
음식을 먹는 자일 때보다

음식을 만들어 먹게 하는 자일 때
더 행복한 야흐야 씨,
예멘 난민 신청자 모두
임시 공동 숙소를 떠나
한국에 정착하는 날이 오면
한국에서 예멘식당을 열고 싶었다
예멘 난민이 한국인을 초대하여
예멘 음식을 대접하려고 하면
꼭 찾아오게 하고 싶었다
예멘에 대해 알려는 한국인이라면 더욱

# 임시 공동 숙소 10

예멘에서부터 알고 지냈으나
사이가 별로 좋지 않았던
하미드 씨와 압바스 씨가
임시 공동 숙소에서 맞닥뜨렸다
하미드 씨와 압바스 씨는
지방도시에서 이웃해서
옷가게를 하면서 경쟁하다가
제주에 와서 한 방을 쓰게 되었다
서로 살아남았다는 사실을 확인하고
처음에는 껴안고 덕담하다가
난민 신청한 후로는
누가 난민으로 남을지
눈치 보며 대화하지 않는 날이 잦았다
한국에 다 같이 난민으로 정착하여
다시 이웃해서 장사하게 되면
경쟁하는 관계가 되기 십상이겠다고
하미드 씨와 압바스 씨는 예감하고
임시 공동 숙소에서 옆자리에 자면서도

괜히 서먹해지는 기분을 떨치지 못해
얼굴을 마주하지 않으려고 했다

# 임시 공동 숙소 11

왜 제주에 왔느냐는 질문을
아무도 하지 않았다
임시 공동 숙소에 머물다가
떠날 때 되면 절로 알 터였다
예멘에서 지내는 가족에게 빨리 돌아가기 위해
좀 더 돈을 벌려고 불법 체류자가 되겠다면
곧 짐을 들고 나갈 것이고
예멘에 가족을 놔두고서
전쟁을 피해 온 난민으로 인정을 받겠다면
계속 거주할 것이다
함께 임시 공동 숙소에서 지내도
저마다 사정을 털어놓지 않았다
서로 도와줄 수 없는 이국에서
속내를 드러내면
기분 나쁜 사단이 벌어질 수도
사이가 좋지 않게 될 수도 있었다
임시 공동 숙소에서 지금
예멘인들은 빈털터리,

누구나 예멘에 귀국하고 싶어도
빈털터리로 귀국하게 될까 두려워
왜 제주에 왔느냐는 질문을 서로 삼갔다
다만 빌었다
알라의 가호가 있기를
알라의 가호가 있기를

# 서빙serving

예멘에는 한국말을
가르쳐주는 선생도 없고
배우러 다닐 학교도 없었지만
남편과 함께 제주에 와서
식당에 일하러 다니는 수아드 씨는
한국말을 알지 못해 답답하였다

한국말을 할 줄 아는
조선족 여인은 손님들한테 주문받고
음식을 내와 상을 차리고,
한국말을 할 줄 모르는
수아드 씨는 빈 그릇을 내가고
행주질을 하였다

히잡을 벗고는 서빙복을 입고
손님들에게 웃으며 묵례하는 수아드 씨,
한국말을 알고 있다면
조선족 여인보다 더 한국식으로

인사를 잘할 수 있다고 혼자 자신했다

제주에 예멘식당이 있으면
주방에서 맛깔난 예멘 음식을 요리해서
손님들이 날마다 찾아오게 할 수 있을 텐데…
수아드 씨는 속으로 아쉬워하며
농장에 일하러 다니는 남편도
한국말을 알지 못해 답답할 거라고 여기곤
가르쳐주는 선생을 구하든가
배우러 다닐 학교를 찾아야겠다고 별렀다

# 시비 施肥

제주에서 난민 신청한 예멘인 아흐마드 씨는
감귤나무에 거름 주는 시기에
일당을 주는 농장을 소개받았다
감귤나무를 돌보는 특별한 기술을
필요로 하지 않았으므로
체력 좋은 예멘인 아흐마드 씨는
농장주가 지시하는 대로
네팔인 푸르바 씨가 운반기에 실어
이곳저곳 옮겨 다니며 부려놓은
퇴비포대더미에서 한 개씩 들어
감귤나무 사이사이에 갖다놓았다
또 농장주가 지시하는 대로
네팔인 푸르바 씨가 낫으로 퇴비포대를 잘라
거름을 쏟아 부어놓으면
예멘인 아흐마드 씨가 삽으로 떠서
감귤나무 아래에다 골고루 뿌려주었다
물론 농장주가 시범을 보인 대로
따라하면 되는 단순한 작업이라서

예멘인 아흐마드 씨는 네팔인 푸르바 씨와
트러블 없이 거름주기를 마친 오늘,
점심 얻어먹고 새참 얻어먹고
해거름에 일당을 받았다
예멘인 아흐마드 씨는 제주에 온 이후
처음으로 보람찬 하루를 산 것 같았다

# 출어 出漁

예멘 청년 일야스 씨가 제주에서 취업한 어선에는
베트남 청년 부반타 씨와 필리핀 청년 다니엘 씨가
몇 달 전부터 일하고 있었다
그저 악수하고 통성명했을 뿐
첫 대면에서 말이 달라 대화하지 못했다
갈매기들이 날아다니며 끼룩거리는
선착장에서부터 어선이 파도 따라 흔들려서
예멘 청년 일야스 씨는 금방 속이 울렁거렸다
어장까지 두세 시간 걸리는 동안
그물 옆에 앉아 있던 예멘 청년 일야스 씨는
연신 바다에 구토를 해댔고
베트남 청년 부반타 씨와 필리핀 청년 다니엘 씨가
번갈아가며 등을 두드려주거나 생수병을 건넸다
예멘 청년 일야스 씨는 고원지대 마을에서
농사짓는 집안에서 태어나 자랐고
소도시에 나와 공부하고 회사원으로 근무했다
이따금 부모님을 거든 소소한 농사일 말고는
육체노동을 해본 적이 없었고

더구나 배를 타보기는 난생처음이었다
예멘 청년 일야스 씨가 미안하여 어쩔 줄 몰라 해도
베트남 청년 부반타 씨와 필리핀 청년 다니엘 씨는
처음 어선에 취업하고 이미 겪었던 처지여서
덤덤하게 수평선을 가리키고는 바삐 움직였다
어장에 곧 도착하는가 보다고 알아차린
예멘 청년 일야스 씨가 따라붙어 일손을 도왔다

# 광어

난민 신청자 예멘 청년 마흐무드 씨는
이주노동자 인도네시아 청년 웅크눈 씨를
제주 광어양식장에 취업해서 만났다
서로 무슬림이라는 걸 알고는
같은 말을 쓰지 않아도 금방 친하였다

제주 광어양식장은 육상에 설치한 수조에
바닷물을 순환시키고 배합사료를 먹이로 주는데
두 사람이 먹고 자며 하는 일이 그 두 가지여서
하루 다섯 번 기도도 할 수 있었다

다만, 밑바닥에 적응하여 살기 위해
보통 물고기처럼 몸 양면에
대칭으로 있던 두 눈 중 하나가
다른 하나가 있는 면으로 돌아 옮겨가고
눈이 없어진 면이 납작하게 변해버린
광어를 내려다보고 있으면
마흐무드 씨는 난민이 되어 살기 위하여

자신도 그리 변하여
밑바닥 생활에서 벗어나지 못할 수도 있겠어서
어떤 날은 의기소침하고 어떤 날은 두려웠다


난민 신청자 예멘 청년 마흐무드 씨는
난생처음 취업한 제주 광어양식장에서
이주노동자 인도네시아 청년 웅크눈 씨가
손으로 가르쳐주는 대로 배워서 실수하지 않았다

# 청년 기술자

제주에 와서 가구공장에 취업한
청년 압드알라 씨는 난민 신청했다가
겨우 인도적 체류 허가를 받았다
일 년간 한국에 머물 수 있고
그 후에 더 머무르려면
다시 허가를 받아야 한다는데도
당장 예멘으로 돌아가지 않아도 되는
신분이 된 데 안도하였다
현재는 허드렛일을 하고 있지만
일 년 안에 가구 기술자가 될 수 있다고
청년 압드알라 씨는 자신을 다독였다
그러는 사이 내전이 끝나서
예멘으로 돌아가게 된다면
가구공장을 차리겠다는 꿈을 꾸었다
집집마다 폭격을 받아
가구도 다 산산조각 나버려서
옷을 넣을 옷장도 없고
신을 넣을 신발장도 없고

식기를 넣을 찬장도 없는

이웃들에게 손수 만들어줄 수 있다면

예멘을 떠나 제주까지 와서 난민 신청한 자신을

스스로 기꺼워할 수 있겠다 싶었다, 청년 압드알라 씨는

사실은 부모님에게 먼저 옷장과 신발장과 찬장을

예쁘게 만들어드려야겠다고 다짐하고 있었다

# 일 년 가족

적어도 앞으로 일 년 동안
가족이 포탄에 맞거나 총에 맞아
피 흘리며 죽지 않고
일해서 밥 먹고 살 수 있도록
인도적 체류 허가를 한 한국에
유수프 씨는 일단 감사했다
지금 예멘에 머물고 있다면
일거리가 없어 먹고살기 힘들다는 걸
빤히 아는 처지에
난민으로 인정해주지 않는 한국에
불만을 가질 수는 없었다
그러나 부인 나지마 씨와 딸 카디라 소녀는
생각이 달라서 한국이 못마땅했다
인간이 일 년 동안엔 꿈을 이룰 수 없는데
예멘인에게 일 년 동안 인도적 체류 허가를 했다는 건
한국에선 아예 꿈을 꾸지 말라는 암시로
부인 나지마 씨가 해석했고
인간에게 꿈을 꾸지 말라는 암시는 몽매나 야만이라고

딸 카디라 소녀가 반응했다

가만히 듣고 있던 유수프 씨가 갑자기

예멘에서 전쟁하여 예멘인 모두의 꿈을 산산조각 낸

이슬람 수니파와 시아파가

더 몽매하고 더 야만하다고 소리를 질렀다

그건 그렇지만… 피난 온 가난한 예멘인들을

평화롭고 잘사는 한국이 넉넉하게 받아들이지 못하는 건…

부인 나지마 씨와 딸 카디라 소녀는 볼멘소리를 시작했다

# 신혼부부

인도적 체류 허가 통보를 받은
남편 다우드 씨와 아내 알리아 씨는
몹시 우울하였다
예멘에서 도망하여 제주에 도착한 후로
남편 다우드 씨는 농장에 농약 치러 다니고
아내 알리아 씨는 식당에 설거지하러 다니면서
난민으로 인정받기를 학수고대했었다
예멘에서 가지고 온 비상금은 바닥이 났고
농장과 식당에서 받은 시급을 아껴 썼어도
곧 첫 아기를 출산하러 입원해야 하는데도
병원비용을 마련해 놓지 못했다
인도적 체류 허가를 받아도
의료보험 혜택을 받지 못하는 데다
예멘인 엄마아빠 사이에
한국에서 태어나는 첫 아기가
예멘계 한국인으로 살아갈 수 없다는 점에
몹시 절망하였다
남편 다우드 씨와 아내 알리아 씨는

전쟁터 예멘으로 한동안 되돌아가지 않아도 되고
제주를 떠날 수는 있게 되었어도
더 많은 시급을 주는 일자리를 구하러
어느 도시로 가야 할지
몹시 비감하였다
두 손 깍지 끼고 만삭의 배를 받쳐 안은 아내 알리아 씨를
남편 다우드 씨가 눈물 어린 눈으로 바라보았다

# 한국판 아라비안나이트

한국에 온 예멘인들이 쉽사리
예멘으로 돌아가지 않기를 바란다
아이 적에 아라비안나이트를 읽은 노인은 많고
그 자손은 줄어드는 한국에서
예멘인들이 여기저기 흩어져
예멘계 한국아이들을 낳아 기르면서
아라비안나이트를 재창작하여
옛이야기로 들려주면 좋겠다
예멘에서 일어났던 전쟁이야기에선
부상당한 어른들과 굶주린 아이들을 구하는 주인공으로
김씨 성을 가진 새로운 알라딘을 등장시키면,
한국에서 살아온 예멘인들 이야기에선
힘없는 이웃을 도와주는 주인공으로
이씨 성을 가진 새로운 알리바바를 등장시키면,
예멘인들과 한국인들 사이가 좋아진 이야기에선
예멘인들이 한국 땅에 심어 키운 모카커피나무에서
원두를 따서 한국인들에게 나눠주는 주인공으로
박씨 성을 가진 새로운 신드바드를 등장시키면

예멘계 한국아이들이 듣고는

정주민 한국아이들에게 전할 적엔

스토리를 늘이고 줄이고

등장인물들을 보태고 빼어서

한국판 아라비안나이트를 재창작한다고 믿는다

예멘계 한국아이들이든 정주민 한국아이들이든

그중에 걸출한 입담꾼들이 있어

재미가 한층 더 나도록 서로 다투어 꾸며서 옛이야기를
풀어내면

너무나 다양해진 한국판 아라비안나이트가

수십 년 수백 년 입에서 입으로 전해지다가

세계아이들이 반드시 읽어야 하는 필독서,

각국어로 번역된 세계명작으로 출간되기를 바란다

# 세계시민사회를 향한 난민문학의 상상력

홍승진

## 1. 제주 예멘 난민 사건과 한국문학

제주 예멘 난민 사건은 한국이 세계시민사회의 올바른 일원으로 자리할 수 있는지를 판가름하는 시금석이다. 지금 한국 사회는 예멘 난민 신청자들을 난민으로 인정할 것이냐 하는 결정적 갈림길 위에 서 있다. 인도적 체류 허가가 아니라 난민 인정을 통해 한국 사회는 인간의 고통을 껴안을 수 있는 사회, 고통받는 인간들 모두에게 열려 있는 사회가 될 수 있을 것이다. 그들을 거부하고 추방하려 한다면, 한국에서 인간으로 인정받는 인간의 범위는 협소해질 것이며 인간다움을 지향하려는 인간의 꿈은 오래도록 억눌리고 천대받을 것이다. 하종오 시집 『제주 예멘』은 물음을 던지고 있다. 제주에 온 예멘 난민 신청자들을 받아들일 수 있는 능력이 한국 사회에 존재하는가?

지금까지의 한국 시문학사에서는 전쟁을 피해 외국으로

125

나간 한국 시인의 작품은 있었어도, 전쟁을 피해 한국에
온 외국인의 삶을 다룬 한국 시인의 작품은 거의 없었다.
그러므로 한국문학사에서는 난민문학보다도 디아스포라
diaspora문학이 더 중요한 위상을 차지한다. 일반적으로 디아
스포라문학은 자이니치在日 디아스포라, 중국 조선족 디아스
포라, 미주美州 디아스포라 등과 같이, 문학을 창작하는 주체
가 원래의 민족적 공동체로부터 떠난 상황 속에서 자신의
태생적 정체성을 고민하는 경우에 해당한다. 반면 한국에
온 예멘 난민 신청자들을 다룬 하종오의 이번 시집은 디아스포
라문학이라는 범주로 설명되기 어렵다. 그것은 디아스포라에
의해서 직접 창작된 작품이 아니라, 디아스포라와 마주친 자에
의해서 창작된 작품이기 때문이다. 이러한 맥락에서 하종오의
난민문학은 디아스포라문학과 초점의 방향성이 상반되는 개
념이라 할 수 있다.

　이를테면, 이인직의 신소설로부터 일제 말기 이용악의
시를 거쳐서 육이오전쟁 중이나 이후의 피난문학에 이르기까
지, 기존의 한국 현대문학은 어디까지나 '한국을 떠난 한국인'
에게 초점을 맞춰왔다. 이번 시집『제주 예멘』에서 보여준
하종오의 난민문학은 '한국에 온 비한국인'에게 초점을 맞추
고 있다. 따라서 시집『제주 예멘』은 문학사의 맥락 속에서도
매우 독특한 위치를 점하고 있는 것이다.

　그렇다면 하종오의 난민문학의 이례적인 문학사적 성취
는 일국주의적 한계로부터 아직 완전히 자유롭지 못한 한국
현대문학에 새로운 상상력을 불어넣을 수 있지 않을까? 하종
오 시집『제주 예멘』은 이러한 물음을 허망한 전망이 아닌

실제 창작 사례로 육화시킨다.


## 2. 공통의 감정과 감각을 일으키는 '거리 좁히기'

　제주 예멘 난민 신청자들에 관한 시를 맞닥뜨리는 독자들
은 '거리 조절'에 관한 문제를 염려할지도 모른다. 난민문학
으로서의 시 작품이 제주 예멘 난민 신청자와 한국인 사이의
문학적 거리를 어떻게 조절할 수 있는가? 이는 자연스러운
고민일 뿐만 아니라, 꼭 필요한 고민이기도 하다. 제주 예멘
난민 사건을 접하고 많은 한국인들이 적대감이나 당혹스러움
을 느꼈던 이유 중의 하나는 한국인과 예멘인 사이의 정서적
관계가 부족했기 때문이리라. 물론 우리는 우리와 특별한
관계가 없는 이들이라도 고통에 처한 인간이라면 누구나
환대해야 한다는 당위적 윤리에 호소해볼 수 있다. 하지만
문학이 이뤄야 할 아름다움은 그 문학 속에서 꿈꾸고 있는
윤리가 얼마나 극단적으로 보편적일 수 있는지의 문제일
뿐만 아니라, 그 윤리가 얼마나 깊숙하게 내면을 진동시킬
수 있는지의 문제이기도 하다. 그러므로 난민과 그들을 환대
해야 할 이들 사이의 공통 감정과 공통 감각을 불러일으키는
'거리 좁히기'는 난민문학이 성취해야 할 중요한 과제 중
하나라 할 수 있다.
　'거리 좁히기'의 구체적인 본보기는 하종오의 『제주 예멘』
시편 속에서 찾을 수 있다. 이 시집의 맨 처음에 배치된
작품부터도 '거리 좁히기' 속으로 독자들을 불러들인다. 「아

라비안나이트」는 예멘인들의 아랍 문화가 한국인들의 삶과 실제로 얼마나 친밀한 것인지를 드러내준다. "아마도 한국에서 자란 소년이라면" 누구나 "아라비안나이트" 이야기를 접했을 것이기 때문이다. 시적 화자는 아랍인들 자체가 "흥미진진"하고 "천진난만"한 인간이기 때문에, 그들이 만들어낸 이야기도 흥미진진하고 천진난만한 것이라고 생각한다. 이야기는 그 이야기를 만들어낸 공동체 구성원의 심성과 근본적인 관계를 맺고 있는 것이다.

> 그 옛 사람들이 아랍인들이라면
> 그 후손 되는 아랍인들도
> 그렇게 일속에 흥미진진하겠고
> 그렇게 마음이 천진난만하겠다고
> 요즘엔들 추측하지 않을 이유가 없다
>
> 세계명작으로 일컬어지진 못해도
> 매사 흥미진진한 도깨비 매사 천진난만한 도깨비를
> 등장시킨 이야기를 많이 만든 한국 사람들 같은
> ─「아라비안나이트」 4~5연

나아가 이 시의 화자는 한국인들도 아랍인들처럼 흥미진진하고 천진난만한 인간이라고 덧붙인다. 한국인들은 흥미진진하고 천진난만한 "도깨비"의 이야기를 많이 만들었기 때문이다(「아라비안나이트」). 한국인들이 소년 시절에 아랍인들의 이야기인 아라비안나이트에 매료되는 이유도, 흥미진진하고 천진난만한 심성이 한국인들과 아랍인들에게 공통적이기 때문일 것이다. 이처럼 하종오 시는 아라비안나이트가 한국인에게 친숙하다는 평범한 사실을 색다르게 주목함으로써, 아랍인과 한국인의 공통된 정서를 느끼게 하는 데 성공한다.

비단 이야기뿐만 아니라 여러 가지 측면에서 예멘인과 한국인의 삶은 관계를 맺고 있다. 하종오의 『제주 예멘』 시편은 너무나 일상적이거나 사소해 보이는 일들 속에서 그 밀접한 관계성을 예리한 시선으로 포착해낸다. 단적인 예로 「커피나무」와 「예멘 모카커피」를 꼽을 수 있다. 이제 커피를 마시는 일은 한국인의 일상 속으로 넓고 깊게 파고들었다. 예멘은 한국인들이 즐겨 마시는 커피 품종의 산지이기도 하다. 제주 예멘 난민 사건이 일어나기 전부터, 예멘의 토양에서 자라난 커피 원두와 그 속에 담긴 예멘인들의 노동은 이미 한국인들의 신체와 접합되어 있었다. 하종오의 시에서 제주 예멘 난민 사건은 단순히 당혹스럽거나 불쾌한 일이 아니라, 커피 원두로 연결되어 있었던 예멘인과 한국인의 연결고리를 분명히 드러내주는 사건으로 표현된다.

> 기쁠 때나 슬플 때나 외로울 때나 즐거울 때나
> 모두 모두 커피를 마셔왔을 것이다
> 커피나무를 국화로 삼은 나라에서 온 이들이라면
> 나와 희비애락을 같이 느끼겠다고 생각한다
>
> ─「커피나무」 부분

이토록 맛있는 커피를 생산하는 사람들이

그토록 처참하게 고통을 받는다는 사실을 되새기게 된다
예멘 모카커피가 왜 맛있는 가운데서도 쓴지를 생각한다
—「예멘 모카커피」 부분

위에 인용한 작품 두 편은 감각적인 측면에서 커피의 물질
성을 통해 예멘인과 한국인의 숨은 연결고리를 드러내는
동시에, 감정적인 측면에서 예멘인과 한국인의 정서적 상호
작용을 표현한다. 「커피나무」의 시적 화자는 제주 예멘 난민
사건 이후로, 자신이 마시는 커피 속에서 예멘인들의 정서를
느낀다. 예멘인도 한국인처럼 기쁨과 슬픔과 외로움과 즐거
움을 느낄 때마다 커피를 마셨으리라.

이 시는 예멘인의 "희비애락"이 한국인의 "희비애락"에
영향을 미치고, 그리하여 한국인이 자신의 "희비애락"을 통
해 예멘인의 "희비애락"을 짐작해보는 정서적 상호작용을
형상화한다. 하종오의 난민 신청자 시편은 난민을 불쌍히
여겨야 한다는 거짓된 동정 또는 당위적 구호 일체를 멀리한
다. 다만 예멘인들도 "나와" 같이 "희비애락을 느"낄 수 있는
존재임을 느끼는 것에서부터 출발하고자 한다. 난민을 희비
애락을 느끼는 인간으로 느끼는 것. 그 느낌은 인간성을
훼손하는 모든 권력에 대해 최소한도의, 그리고 근본적인
균열을 가한다고 할 수 있다.

또한 「예멘 모카커피」는 공통 감각과 공통 정서를 놀라울
만큼 절묘하게 통합시킨다. 미각만큼 개인과 민족에 따른
차이가 크기도 하지만, 또 미각만큼 인류 전체에 보편적인
생명의 감각도 없을 것이다. 예멘 모카커피가 "맛있는 가운데

서도 쓴"맛을 낸다는 것은 미학적이면서도 고통스러운 인간
적 삶의 감각을 느끼게 한다. 그렇기 때문에 시적 화자는
그 "맛있는 커피를 생산하는 사람들이/그토록 처참하게 고
통을 받는다는 사실을 되새기게 된다"고 진술한다. 예멘인과
한국인에게 커피는 맛있으면서도 쓰다는 공통 감각을 발생시
킨다. 이러한 커피의 공통 감각은 한국인 시적 화자의 정서가
내전으로 고통받는 예멘인의 정서로부터 영향을 받도록 하는
것이다.

　하종오의 난민 신청자 시편은 제주 예멘 난민 사건을 풀어
가는 데 가장 중요한 것이 정치도 경제도 윤리도 아니라
감각과 정서의 문제라는 사유에서 출발한다. 정서라는 차원
에 토대를 두지 않은 사고방식은 인간의 인간다움과 필연적
으로 괴리될 위험이 있다. 이토록 단순해 보일 만큼 근본적인
하종오 시의 사유는 상상력과 감정이 메마른 우리의 마음속
에서 눈물과 같은 최소한의 물기를 끌어올리고 있다. 감각과
정서는 가장 근본적으로 사회적이며 정치적이다. 그 때문에
하종오의 난민 시편은 '거리 좁히기'가 사회 구조 속에서
실질적으로 얼마나 중대한 문제인지를 날카롭게 포착한다.

　　내전 중인 조국에서
　　총 맞아 죽기 싫어 떠난 예멘 젊은이들이
　　갑자기 제주에 몰려들어와 난민 신청했을 때
　　아랍어를 쓰는 그들로 해서
　　이이상 씨는 실업자가 될지도 모른다는 뜬금없는 불안이 생겨
　　그들을 추방해야 한다고 주장했다

예멘 젊은이들이 한국에서 살아가지 않게 된다면
이이상 씨는 수능 시험을 쳤던 아랍어 한 낱말이라도
말로 하거나 글로 쓸 기회가 있을지 미처 생각하지 못했다

―「제2외국어」 3~4연


김일국 씨의 아버지가 못살던 시절을 아예 잊어버리고는
처음부터 잘살았다는 행세해도
아무렇지도 않은 나라 한국으로
중동에서 젊은 아랍인들이 난민으로 들어오자,
일자리가 줄어들지 모른다고 불안해하는 또래들과 함께
그는 강제 출국을 청원했다

물론 김일국 씨는 미취업자여도
애당초 젊은 아랍인들이 다닐 수 없는 직장을 선택해야 하는
고학력자라는 걸
그의 아버지는 자랑스러워하면서
자신이 오직 돈 벌려고 중동에 갔다가 온 이력을 감추고
늦둥이 자식의 행동거지에도 눈감았다

―「중동」 3~4연


위에 인용한 두 편의 시는 모두 예멘 난민 신청자의 강제
추방을 주장하는 한국인 청년들을 다룬다. 이는 시인 하종오
가 『제주 예멘』 시편을 창작하게 되었던 주요 동기이기도
하다. '시인의 말'에서 하종오는 『제주 예멘』의 집필이 그

현상으로부터 촉발되었다고 밝혔다. 한국의 "청년과 여성 다수가" 제주에 입국한 예멘인들을 거부하면서 "난민 수용 반대 집회를 개최"했던 상황이 시인에게는 "대단히 충격적인 사건이었"기 때문이다. 하종오의 시편은 난민 신청자에 대한 일부 한국인들의 적대 현상을 '거리 좁히기'의 부족에서 비롯한 것으로 진단한다. 이때 "난민 수용 반대"와 같은 정치적 사건은 공통된 감각과 정서의 결여를 극명하게 드러내주는 사건으로 표현된다.

그러나 하종오 시 세계의 소중한 덕목 중 하나는 어떠한 인간이라도 책망과 힐난의 대상으로 규정하지 않는다는 점이다. 「제2외국어」와 「중동」은 난민 추방을 주장하는 한국의 청년들이 윤리적이지 못하다고 질타하지 않는다. 오히려 이 작품들은 한국 청년들이 그렇게 비인간적인 주장을 하게 된 데에도 나름의 인간적인 이유가 있다고 성찰한다. 「제2외국어」의 등장인물 "이이상 씨"는 대학을 졸업했지만 직업을 구하지 못한 상태다. 그는 예멘 난민 신청자들이 가뜩이나 부족한 한국 내의 일자리를 더 부족하게 만들지 않을까 하는 "불안" 때문에 난민들을 "추방해야 한다고 주장"했던 것이다. 또한 「중동」의 등장인물 "김일국 씨"는 자신의 아버지가 "오직 돈 벌려고 중동에 갔다가 온" 사실, 그렇게 자신의 "아버지가 못살던" 사실을 "아예 잊어버"리고 있다. 그 때문에 그는 "일자리가 줄어들지 모른다고 불안해하"면서 난민의 "강제 출국을 청원"했던 것이다.

「제2외국어」와 「중동」에서 한국의 청년들이 난민 수용에 반대했던 까닭은 그들이 일자리를 충분히 제공받지 못해서 불안을 느끼기 때문이다. 난민에 대한 한국 청년의 적대감은 한국 청년의 탓이 아니라 일자리를 제공해주지 못하는 국가의 구조적 문제에서 비롯했던 것이다. 우리는 누군가의 비윤리적인 행위를 순전히 그 사람의 책임으로 돌리는 데 익숙하다. 하지만 하종오의 시는 그것이 '사실'이 아님을 드러냄으로써, 우리의 익숙한 사고방식에 신선한 충격을 던져준다. 오히려 모든 인간이 비윤리적이지 않다는 '사실', 우리가 간과해버리기 쉬운 그 '사실'을 드러냄으로써 독특하고도 탁월한 시적 성취를 거둔다. 하종오의 시를 '하종오식 리얼리즘'으로 명명할 수 있는 까닭도 거기에 있다.

나아가 하종오의 시는 모든 인간이 서로를 잘 살게 만들 수 있다는 사실까지 표현해낸다. 「제2외국어」에서 "이이상 씨"는 "수능 시험"의 "제2외국어" 과목으로 "아랍어"를 공부했다. 따라서 난민 신청한 "예멘 젊은이"들이 한국에서 살아간다면 "이이상 씨"는 자신이 공부했던 "아랍어"를 활용할 기회가 많아질 것이며, 자신의 능력을 활용해서 직업을 얻을 수 있는 기회도 더 많아질 것이다. 또한 「중동」의 "김일국 씨"는 "애당초 젊은 아랍인들이 다닐 수 없는 직장을 선택해야 하는 고학력자"다. 한국 청년들의 학력이 높은 이유는, 그들의 부모 세대가 경제적으로 자녀 교육을 지원해줄 수 있었기 때문이다. 특히 "김일국 씨"의 아버지가 "김일국 씨"의 교육을 지원해줄 수 있었던 것은 "중동"에 가서 돈을 벌어왔기 때문이다. 먹고살기 위해서 자신의 고국까지 떠나야 하는 사람은 남을 못살게 하는 사람들이 아니다. 이처럼 하종오 시의 '거리 좁히기'는 예멘인들과 한국인들이 서로 잘 살게 할 수 있다는 사실을 제시한다.

  하지만 예멘인과 한국인의 거리를 좁히는 하종오의 시적 상상력은 현 시대에만 국한되지 않는다. 그의 시는 과거의 역사 속에서도 '거리 좁히기'의 가능성을 탐지한다. 단적인 예로 「아랍인」은 "삼국유사에 나오는 처용"과 같이 한국의 역사와 얽혀 있는 아랍인을 상기시킨다. 이 시의 화자는 예멘 난민 신청자를 "역신을 물리친 처용과 같은 아랍인"으로 상상해보자고 제안한다(「아랍인」). 『삼국유사』는 바다로부터 유입된 이방인을 배척해야 할 대상이 아니라 한국 내의 문제를 해결해주는 존재로 서술했다. 순혈주의적인 '단일민족'의 전통과 달리, 이방인들과 그들이 가져다줄 활력을 긍정했던 역사적 상상력이 우리의 기억 속에는 잠재해 있는 것이다. 이처럼 하종오 시는 예멘인들과 한국인들 사이의 '거리 좁히기'를 가능케 하는 역사적 기억을 환기시킨다. 특히 이번 시집의 표제작인 「제주 예멘」은 놀라움뿐만 아니라 삶의 비애와 역사의 무게까지 함께 담아낸 문제작이다.

> 제주 청년 고남도 씨는 1948년
> 바람 세찬 어느 날
> 배에 숨어 일본으로 밀항했다
> 폭도로 몰려 토벌대에 학살당한 이웃들이
> 어디에 묻혔는지 알 수 없는 제주에서
> 비탈밭을 일구기가 괴로웠던 그는
> 일본인 밑에서 허드렛일하며 겨우 먹고 살아남아
> 일본말을 터득하고

일본에 세금 내는 거주민이 되었으나
제주에 불던 바람이 잊히지 않아
나무들이 흔들리는 날이면 날마다
비탈밭을 떠올리다가 늙어 죽었다

예멘 청년 모하메드 씨는 2018년
바람 세찬 어느 날
비행기를 타고 제주로 입국했다
반군과 정부군이 이웃들을 사이에 두고 총질하고
동네에 폭탄 터뜨리는 예멘에서
바람에 흔들리는 나무들에 대해서도 가르치던
초등학교 교사였던 그는
농사일을 해본 적 없고
고기잡이배를 타본 적 없어
말이 통하지 않는 제주에서
난민 신청자에게 주는 생계비로 버티며
우선 먹고 살아남을 일자리를 찾으러 다니다가
바람 부는 날이면 날마다
초등학교 교실을 떠올리며 살날을 헤아렸다
　　　　　　　　　　　　　　　—「제주 예멘」 전문

　위 시는 1연의 제주 4·3 사건과 2연의 제주 예멘 난민
신청 사건을 구조적으로 짜임새 있게 병치시킨다. 전자의
사건과 후자의 사건 사이에는 "1948년"과 "2018년"이라는
70년의 시간적 격차가 존재한다. 그뿐만 아니라 전자의 사건

과 후자의 사건 사이에는 어떠한 인과관계도 존재하지 않는다. 하지만 위 작품은 각기 떨어져 있는 것처럼 보이는 두 개의 사건을 제주도라는 특정 장소 속에서 연결시킨다. "제주 청년 고남도 씨는" 4·3 사건의 트라우마로 인해 "일본으로 밀항"해야만 했던 난민이었다. 또한 "예멘 청년 모하메드 씨는" 내전 때문에 무고한 이들이 죽어가는 나라를 떠나 제주에 왔다. 이 작품에서 과거의 제주 청년과 현재의 예멘 청년은 시간적 인과관계라는 일상의 법칙을 벗어나서, 난민이 되어야만 했던 인간의 비극적 운명으로 묶여 있는 것이다.

이처럼 무관해 보이는 두 사건을 연관시키는 시적 사유는 아무런 의도도 없는 대지로부터, 그 위에서 살아가야 하는 인간의 비극적 운명을 신비롭게 발굴해낸다. 현실에서는 "고남도 씨"와 "모하메드 씨" 사이에 직접적인 연대가 이루어진 바 없다. 그러나 '거리 좁히기'의 상상력은 각 민족의 심장에 아로새겨진 살육에의 기억과 고통의 감정을 서로 공명시킴으로써 시공간적 경계 너머의 연대를 선취한다.


## 3. 차이의 소통가능성에 주목하는 '거리 유지하기'

한편 남들과 우리들 사이의 무조건적인 동일성만을 강조하는 논리는 조화와 공생의 지향이 아니라 폭력과 억압의 반복을 낳는다. 그러므로 난민문학은 '거리 좁히기'라는 과제뿐만 아니라 '거리 유지하기'라는 과제를 동시에 수행해야 한다. 여기에서 거리를 유지한다는 것은 난민들과 그들을 받아들이는 이들 사이의 차이에 대해 섬세히 들여다보는 태도를 의미한다. '거리 유지하기'는 난민들과 그들을 받아들이는 이들이 서로 완전히 무관함을 부각시키는 관점이 아니다. 남들이 우리들과 아무런 상관없는 남들일 뿐이라고 생각하는 태도는 우리들이 남들에게 저지르는 차별과 폭력을 정당화한다. 우리들이 남들과 전혀 별개의 우리들일 뿐이라고 생각하는 태도는 우리들을 폐쇄된 고립지대에 가둬놓는다. '거리 유지하기'는 남들과 우리들의 차이를 소통불가능성의 원인으로 규정하는 것이 아니라, 그 차이가 오히려 소통가능성의 근본 조건임을 고려하는 것이다.

> 그리고 이국에서 온 난민에게
> 한국인에 동화하기를 바라지 말아야 한다고
> 나는 주장한다
> 한국인도 각자 서로 달라서 말싸움도 하고 몸싸움도 한다
> 사람이 모두 생각과 느낌이 같은 존재가 되어버리면
> 혹자가 도둑을 꿈꾸게 될 때 나머지도 따라서 도둑을 꿈꾸게 되고
> 또 혹자가 죽음을 꿈꾸게 될 때 나머지도 따라서 죽음을 꿈꾸게 된다
>
> ──「끔찍한 인간사」 부분

위 작품에서 시적 화자는 "이국에서 온 난민에게/ 한국인에 동화하기를 바라지 말아야 한다고" 주장한다. 서로 다른 국가의 인민들이 충돌하거나 교섭할 때, 동화와 이화의 문제

는 중요하게 제기된다. 한국인의 역사적 체험 속에서 동화同化와 이화異化의 논리가 심각하게 대두되었던 경우로는 일제강점기를 꼽을 수 있다. 한편으로 일본 천황제 파시즘은 피식민지인 조선의 인민들에게 '동조동근同祖同根(한국인과 일본인은 조상도 같고 뿌리도 같다)'과 같은 '내선일체內鮮一體(조선과 일본은 하나다)' 담론을 주입하고자 했다. 그와 같은 동화의 논리는 조선인의 주체성을 무화시키려는 폭력적 논리였다. 다른 한편으로 동화의 논리는 이화의 논리와 동전의 양면 같은 관계를 맺고 있었다.

일본 제국주의는 표면적으로 조선인을 일본인에 동화시키고자 했을 뿐, 심층적으로는 조선인을 일본인보다 하위의 등급에 위치시키고자 했다. 이화의 논리는 '1등 국민'인 일본인에 의해서 '2등 국민'인 조선인이 지배·착취되는 것을 정당화하기 때문이다. 요컨대 동화의 논리는 서로 다른 국가의 인민들 사이에 우월과 열등의 일방적 위계서열을 설정하며, 우월한 쪽으로 열등한 쪽을 환원시키려는 폭력적 사고방식이라고 할 수 있다.

동화의 논리에 담긴 폭력성을 알기에, 위 시의 화자는 예멘 난민 신청자들에게 동화를 요구하지 말아야 한다고 사유한다. 그럼에도 위 시는 동화 작용으로 인해 "인간사"가 얼마나 "끔찍"해질 수 있는지를 논리적으로 설명하지 않는다. 대신에 동화의 끔찍함을 시적으로 표현한다. 동화의 궁극적 귀결점은 "사람이 모두 생각과 느낌이 같은 존재가 되어버리"는 것과 같다. 그렇게 되면 "혹자가 도둑을 꿈꾸게 될 때 나머지도 따라서 도둑을 꿈꾸게 되고 / 또 혹자가 죽음을 꿈꾸게 될 때 나머지도 따라서 죽음을 꿈꾸게" 될 수 있다. 동화의 논리에 담겨 있는 끔찍함을 이토록 압축적이고 참신하며 강렬하게 표현한 사례는 쉽게 찾아보기 힘들 것이다.

예멘 난민 신청자들을 한국인에 동화시키려면, 우선 '한국인'이라는 집단이 단일한 정체성을 지닌 것이어야 한다. '한국인'이라는 집단의 정체성이 단일하지 않으며 오히려 복잡하고 다양한 것이라면, 예멘 난민 신청자들을 한국인에 동화시킬 수 있다는 말 자체가 성립하지 않기 때문이다. 하종오의 시적 사유는 '한국인'의 '단일한 정체성'이라는 허상 자체에 균열을 가함으로써, 동화의 논리를 가장 근본적인 관점에서 무화시키고 있다. "한국인도 각자 서로 달라서 말싸움도 하고 몸싸움도 한다"는 것이다. 일부 한국인들이 대부분 무슬림인 예멘 난민 신청자들을 잠재적 범죄자로 여기며 두려워하는 것도, 예멘 난민 신청자들을 '단일한 정체성'으로 환원시키는 사고방식일 뿐이다.

하지만 하종오의 시적 사유는 예멘 난민 신청자들뿐만 아니라 한국인들도 잠재적으로 범죄자가 될 수 있다는 사실을 통렬하게 지적한다. 그러므로 하종오의 난민 시편에 나타나는 '거리 유지하기'는 난민을 신청한 집단이나 난민을 받아들이는 집단을 '단일한 정체성'으로 환원하는 관점이 아니라, 어떠한 집단도 다양한 정체성으로 이루어져 있음을 드러내는 관점이다.

이처럼 「끔찍한 인간사」는 날카로운 시적 사유와 표현을 통해서, 예멘 난민 신청자들을 한국인에 동화시키려는 욕망이 얼마나 부조리하고 허황된 일인지를 잘 보여준다. 위의

작품이 주로 '한국인'이라는 집단 내부의 다양성을 드러낸다
면, 또 다른 작품 「일 년 가족」은 '예멘 난민 신청자'라는
집단 내부에도 환원불가능할 만큼 이질적인 목소리들이 존재
함을 묘파한다.

적어도 앞으로 일 년 동안
가족이 포탄에 맞거나 총에 맞아
피 흘리며 죽지 않고
일해서 밥 먹고 살 수 있도록
인도적 체류 허가를 한 한국에
유수프 씨는 일단 감사했다
지금 예멘에 머물고 있다면
일거리가 없어 먹고살기 힘들다는 걸
빤히 아는 처지에
난민으로 인정해주지 않는 한국에
불만을 가질 수는 없었다
그러나 부인 나지마 씨와 딸 카디라 소녀는
생각이 달라서 한국이 못마땅했다
인간이 일 년 동안엔 꿈을 이룰 수 없는데
예멘인에게 일 년 동안 인도적 체류 허가를 했다는 건
한국에선 아예 꿈을 꾸지 말라는 암시로
부인 나지마 씨가 해석했고
인간에게 꿈을 꾸지 말라는 암시는 몽매나 야만이라고
딸 카디라 소녀가 반응했다
가만히 듣고 있던 유수프 씨가 갑자기

예멘에서 전쟁하여 예멘인 모두의 꿈을 산산조각 낸

이슬람 수니파와 시아파가

더 몽매하고 더 야만하다고 소리를 질렀다

그건 그렇지만… 피난 온 가난한 예멘인들을

평화롭고 잘사는 한국이 넉넉하게 받아들이지 못하는 건…

부인 나지마 씨와 딸 카디라 소녀는 볼멘소리를 시작했다

—「일 년 가족」 전문

위 작품에서 남편 "유수프 씨"는 예멘 난민 신청자들에게 "일 년 동안"만 "인도적 체류"를 "허가"한 한국 정부에 대해 "불만을 가질 수는 없"다고 생각한다. "적어도 앞으로 일 년 동안"은 전쟁의 위협을 피할 수 있게 되었기 때문이다. 그와 대조적으로 부인 "나지마 씨"와 딸 "카디라"는 난민 인정을 회피하는 한국 정부에 대해 불만을 드러낸다. 먼저 "나지마 씨"는 일 년이라는 기간이 인간의 꿈을 이루기에 너무 짧은 시간이므로, 겨우 일 년의 체류를 허가한 것은 "아예 꿈을 꾸지 말라는 암시"나 다름없다고 생각한다. 딸 "카디라"는 어머니의 생각을 더욱 심화시킨다. 어머니가 "꿈을 꾸지 말라는 암시"로 일 년의 체류 허가를 해석했다면, 딸은 "꿈을 꾸지 말라는 암시는 몽매나 야만이라고" 재해석한다. 이는 아버지와 어머니와 딸의 생각이 다양한 목소리로 분출되는 정황을 제시함으로써, 예멘 난민 신청자라는 집단이 단일한 정체성으로 환원될 수 없음을 느끼게 한다.

여기에서 특히 주목할 점은 작중 인물의 목소리를 분화시키는 형식적 기법의 놀라움이다. 첫째로 작중 인물의 목소리

는 젠더의 측면에서 나뉘고 있다. 아버지라는 남성 인물은 한국 정부의 결정에 감사한다고 발화한다. 반면에 어머니와 딸이라는 여성 인물의 목소리는 한국에 불만을 제기함으로써 남성 인물의 목소리와 충돌을 일으킨다. 문학 텍스트에서 '누가 어떻게 무엇을 말하는가?'에 해당하는 형식적 요소로 서의 목소리는, 단순히 형식적 요소로만 국한되기를 거부하 며 그 텍스트를 둘러싼 사회 현실의 권력 구조나 이데올로기 적 맥락과 밀접하게 교섭한다. 예컨대 위 시에서 "부인"과 "소녀"의 목소리는 "해석"이나 "반응"과 같이 내향적인 방식 으로, 또는 "볼멘소리"와 같이 권위적이지 않은 방식으로 자신의 의사를 드러낸다. 반면 "소리를 질렀다"라는 표현에 서 단적으로 확인할 수 있듯이, 남성 인물의 목소리는 외향적 이며 권위적인 방식으로 발화된다. 이와 같이 인물의 목소리 를 젠더화한 시적 기법은 성별 간의 불평등한 권력 구조를 예리하게 드러낸다.

그뿐만 아니라 젠더화된 인물의 목소리들은 성별에 따라 상이하게 작동하는 이데올로기를 효과적으로 표현해준다. 오늘날까지도 지배적인 이데올로기는 여성을 사적이고 내면 적인 영역에 더욱 적합한 존재로, 남성을 공적이고 외면적인 영역에 더욱 적합한 존재로 배치시키려 한다. 위 작품에서도 여성 인물의 목소리는 인간의 '꿈'이라는 사적·내면적 가치 를 판단의 척도로 삼음에 따라서, 꿈의 실현을 허용치 않는 한국 정부의 몽매함과 야만성에 대해 비판적 언어를 발화한 다. 이와 대조적으로 남성 인물의 목소리는 전쟁을 자행하는 "이슬람 수니파와 시아파"에 비해서 한국이 덜 몽매하고 덜 야만적이라는 생각을 표출한다. 이는 국가나 정파와 같은 공적·외면적 가치를 판단의 척도로 삼은 것이다. 요컨대 여성 인물의 목소리는 인간의 꿈이라는 가치 척도에 비춰서 한국이 그 척도에 미달함을 고발한다면, 남성 인물의 목소리는 정치적 권력이라는 가치 척도에 따라서 한국 정권을 예멘의 정치 집단보다 더 긍정적으로 평가한다.

그러나 위 시에서 가장 경이로운 대목은 여성과 남성을 사적 영역과 공적 영역에 배치하려는 기존의 지배적 이데올로기가 어떻게 전복되는지를 표현하는 데까지 나아간다는 점이다. 비록 한국이 예멘보다 더 평화롭고 잘사는 국가처럼 보일지 모르지만, 여성 인물은 인간의 꿈을 이룰 수 없게 하는 한국도 예멘처럼 한계가 있는 국가라고 말할 수 있다. 여성 인물의 목소리는 인간의 꿈과 같이 가장 보편적이고 이상적인 기준에 따라, 그 기준에 미치지 않는 국가들의 한계를 적극적으로 비판할 수 있는 것이다. 그렇기 때문에 개인적이고 정서적인 견해처럼 발화되는 여성의 목소리는 오히려 "일 년"이라는 기간이나 "인도적 체류 허가"라는 제도로 한정될 수 없을 만큼 보편적이고 거시적인 견해로 확장된다. 반대로 남성 인물은 '예멘이냐 한국이냐'라는 국가 중심적 관점에 따라 예멘보다 한국이 더 낫다고 판단하면서, 한국에 대한 비판적 시선을 스스로 차단한다. 그 때문에 훨씬 더 정치적이고 공적인 견해처럼 발화되는 남성의 목소리는 오히려 한국 정부의 비인간적인 결정에 쉽게 순응해버릴 만큼 협소하고 근시안적인 견해로 귀결되는 것이다.

위 시의 마지막 3행에서 여성의 목소리가 "그건 그렇지만"

이나 말줄임표("…")의 어조로 표현된 것도 그러한 맥락에서 해석될 수 있다. 먼저 "그건 그렇지만"은 앞의 내용을 인정하면서도 그 한계를 지적하기 위한 접속 부사다. 정치경제학적인 관점으로만 본다면 한국이 예멘보다 더 낫다는 남성 인물의 판단도 나름 타당하다고 볼 수 있다. 그 때문에 남성 인물의 발화는 "일단"과 같이 일시적이고 표피적인 긍정의 어법을 취한다. 하지만 어떠한 국가라도 인간에게 꿈을 이루지 말라고 암시한다면, 그 한계는 반드시 "그건 그렇지만"이라는 접속 부사를 통해 지적되어야 할 것이다.

또한 이 대목에서 말줄임표는 적극적으로 주장하기 어렵지만 분명히 하고 싶은 말이 있을 때 쓰는 문장 부호다. 비록 여성 인물의 목소리는 남성 인물이 크게 소리 지르는 것처럼 적극적으로 주장되지 않는다. 그러나 말줄임표의 침묵은 이방인들이 아직도 한국에서 고통받고 있다는 여성의 목소리를 남성의 큰소리보다도 더 절절하게 전한다. 우리에게는 "일단"보다도 "그렇지만"과 말줄임표의 어법이 더 많이 필요하다. 그것은 모든 인간이 저마다의 꿈을 이룰 수 있을 때까지 어떠한 타협이나 한계도 단호하게 거부하려는 언어 자체의 몸짓이라 할 수 있다.

「일 년 가족」에서 '거리 유지하기'의 관점은 예멘 난민 신청자라는 집단 내부에 얼마나 다양하고 이질적인 목소리들이 공존하는지를 포착한다. 이러한 이질적 목소리는 더욱 근본적이고 보편적인 인간다움이 무엇인지를 더욱 환하게 열어 밝힌다. 요컨대 난민문학의 '거리 유지하기'는 인간의 다양성을 포착할 뿐만 아니라, 그 다양성에 의해서 지금보다 더 보편적인 인간다움이 구현될 수 있음을 감지하기에 이른다. 이와 같은 특성은 시집 『제주 예멘』의 맨 마지막에 위치한 작품 「한국판 아라비안나이트」에서 극대화된다. 시집의 앞쪽에 배치된 「아라비안나이트」의 '거리 좁히기' 방식이 한국인과 아랍인 간의 공통성을 상기시킨다면, 그것과 짝을 이루는 「한국판 아라비안나이트」의 '거리 유지하기' 방식은 한국인과 아랍인 간의 문화적 이질성에 의해 더 풍요로운 문화가 창출될 수 있음을 예감케 한다.

한국에 온 예멘인들이 쉽사리
예멘으로 돌아가지 않기를 바란다
아이 적에 아라비안나이트를 읽은 노인은 많고
그 자손은 줄어드는 한국에서
예멘인들이 여기저기 흩어져
예멘계 한국아이들을 낳아 기르면서
아라비안나이트를 재창작하여
옛이야기로 들려주면 좋겠다
예멘에서 일어났던 전쟁이야기에선
부상당한 어른들과 굶주린 아이들을 구하는 주인공으로
김씨 성을 가진 새로운 알라딘을 등장시키면,
한국에서 살아온 예멘인들 이야기에선
힘없는 이웃을 도와주는 주인공으로
이씨 성을 가진 새로운 알리바바를 등장시키면,
예멘인들과 한국인들 사이가 좋아진 이야기에선
예멘인들이 한국 땅에 심어 키운 모카커피나무에서

원두를 따서 한국인들에게 나눠주는 주인공으로
박씨 성을 가진 새로운 신드바드를 등장시키면
예멘계 한국아이들이 듣고는
정주민 한국아이들에게 전할 적엔
스토리를 늘이고 줄이고
등장인물들을 보태고 빼어서
한국판 아라비안나이트를 재창작한다고 믿는다
예멘계 한국아이들이든 정주민 한국아이들이든
그중에 걸출한 입담꾼들이 있어
재미가 한층 더 나도록 서로 다투어 꾸며서 옛이야기를 풀어
내면
너무나 다양해진 한국판 아라비안나이트가
수십 년 수백 년 입에서 입으로 전해지다가
세계아이들이 반드시 읽어야 하는 필독서,
각국어로 번역된 세계명작으로 출간되기를 바란다
　　　　　　　　　　　　─「한국판 아라비안나이트」 전문


위 작품은 크게 세 부분으로 나누어볼 수 있다. 먼저 시의
1~8행은 예멘인들이 한국에서 자손을 낳으며 한국판 아라비
안나이트를 창작하면 좋겠다는 시적 화자의 바람을 표현한다.
다음으로 시의 9~23행은 "예멘계 한국아이들"이 어떠한 내용
과 방법으로 한국판 아라비안나이트를 창작할 것인지에 관해
서 시적 화자가 상상하는 부분이다. 마지막으로 시의 24행부
터 마지막 30행은 한국판 아라비안나이트가 계속 다양해지며
전승되어서 전 세계아이들의 필독서가 되기를 희망하는 내용

이다.

첫 번째 부분에서 시적 화자는 "한국에 온 예멘인들이 쉽사리 / 예멘으로 돌아가지 않기를" 소망한다. 그렇게 되면 예멘인들은 한국에서 아이들을 낳을 것이다. 그들의 부모가 그들에게 아라비안나이트 이야기를 들려주던 것처럼, 그들도 그들의 자손에게 이야기를 들려줄 것이라고 예상해볼 수 있다. 이야기에는 이야기꾼의 지문이 묻어난다. 이야기에는 그 이야기를 꾸며내고 전승하는 이들의 삶과 환경이 자연스레 녹아든다. 한국에 온 예멘인들의 이야기에도 그들 자신의 체험이 스밀 것이다. 오랫동안 예멘인들이 향유해왔을 아라비안나이트는 한국에 전파되며 한국판 아라비안나이트로 바뀔 수 있다. 제각기 퍼져나간 씨앗들이 토양에 따라 전혀 다른 모양으로 싹을 틔우기도 하는 것처럼.

두 번째 부분에서는 한국판 아라비안나이트가 만들어지고 전파되는 과정을 더욱 구체화한다. 예멘 난민 신청자들은 예멘에서 전쟁을 체험했다. 그 체험은 한국판 아라비안나이트 속으로 스며든다. 전쟁의 비극 속에서 인간의 온정에 목말라했던 체험은 "부상당한 어른들과 굶주린 아이들을 구하는" 이야기 속에 스며들어 있는 것이다. 또한 예멘 난민 신청자들이 한국인들로부터 환대를 체험한다면, 그 체험은 "힘없는 이웃을 도와주는" 이야기 속에 새겨지지 않겠는가.

아무리 굳건한 문화라도 이질적인 문화를 무조건 배척한다면 고립 속에서 메말라죽는 운명의 행로를 밟고야 만다. 반면 "예멘인들이 한국 땅에 심어 키운 모카커피나무"처럼, 위 작품에서 아라비안나이트라는 아랍인의 문화적 씨앗은 한국이라는 토양에 뿌리를 내림으로써 독특하고도 아름다운 꽃을 피운다.

이야기는 생물의 종種과 같이 진화론을 따른다. 현재와 미래에도 생명력이 있는 종은 계속 살아남듯이, 여전히 감동과 흥미를 줄 수 있는 이야기는 계속 살아남는다. 그리고 "예멘계 한국아이들"은 그들의 부모로부터 전해들은 한국판 아라비안나이트를 "정주민 한국아이들"에게 전할 것이다. 또한 특정 생물의 종이 주변 환경의 변화에 적응하며 진화하듯이, 특정한 이야기도 그 이야기를 향유하는 집단의 환경에 따라 끊임없이 진화한다. "예멘계 한국아이들"과 "정주민 한국아이들"도 한국판 아라비안나이트를 "수십 년 수백 년 입에서 입으로" 전승하며 "재미가 한층 더 나도록" 그 이야기를 끝없이 진화시킬 것이다.

한편으로 그 이야기는 예멘인들과 한국인들의 교류를 담고 있다. 이는 전 세계에서도 찾아보기 힘든 특수성을 지닌다. 동화가 어느 한편의 특수성을 소거시켜서 다른 한편으로 일반화한다면, 교류는 각자의 특수성이 상실되지 않은 채 서로 어울려 제3의 특수성을 낳는다. '거리 유지하기'가 없다면, 이러한 교류는 가능하지 않을 것이다. 다른 한편으로 그 이야기는 예멘의 전쟁이나 한국의 난민 불인정 등과 같은 비인간적 현실에의 대항 의지를 담고 있으며, 국경을 초월한 연대와 평화에의 꿈까지도 담고 있다. 이는 전 인류에게 길이 남을 수 있는 보편성을 지닌다. "부상당한 어른들과 굶주린 아이들을" 구하고 "힘없는 이웃을" 도와주는 인간의 마음씨는 시공간을 초월한 인류 공통의 가치이기 때문이다.

이렇게 하종오의 난민 시편에서 '거리 유지하기'는 이질적인
문화들의 교류가 더욱 새롭고 보편적인 문화로 이어질 수
있음을 입증해 보이고 있다.


## 4. 난민문학의 변증법을 향하여

이제 한국문학은 현실을 더 이상 피할 수 없다. 국경을
넘어 전 지구적인 이동이 갈수록 활발하게 이루어지리라는
현실을. 그러한 의미에서 제주 예멘 난민 신청자들을 다룬
하종오의 이번 시집은 단순히 사회적 이슈에 대한 것이 아니
라 하나의 문학사적 지각변동과 같다.

하종오의 난민 시편은 지금까지 답보 상태에 머물러온
한국문학의 외연과 내포에 대해 근본적인 재검토의 필요성을
제기한다. 비한국인과 그들의 감성을 다룬 문학도 한국문학
이라고 할 수 있는가? 이 물음에 대해 하종오의 시는 '거리
좁히기'라는 방법으로 응답한다. 한국문학이 한국인 중심의
시각에서 벗어나 비한국인의 문제를 표현할 수 있는가? 이
물음에 대해 하종오의 시는 '거리 유지하기'라는 방법으로
응답한다.

난민문학의 두 가지 과제로서 '거리 좁히기'와 '거리 유지
하기'는 변증법적인 관계에 있다. '거리 유지하기'가 없는
'거리 좁히기'는 일방적으로 동화同化를 강요하는 것이다.
'거리 좁히기'가 없는 '거리 유지하기'는 혐오와 편협함이
가장 잘 자랄 수 있는 이화異化의 환경을 제공한다.

그에 반해 하종오의 『제주 예멘』 시편은 난민문학의 변증법을 탁월하게 밀고 나간 하나의 모범이다. 여기에서 인간적 보편성과 문화적 다양성 사이의 역동적인 변증법은 난민문학의 진정한 가치를 이룩해놓고 있다.

# 제주 예멘

초판 1쇄 발행 2019년 03월 20일

지은이 하종오
펴낸이 조기조
펴낸곳 도서출판 b

등록 2006년 7월 3일 제2006-000054호
주소 08772 서울시 관악구 난곡로 288 남진빌딩 302호
전화 02-6293-7070(대) 팩시밀리 02-6293-8080
홈페이지 b-book.co.kr 이메일 bbooks@naver.com

ISBN 979-11-89898-00-7    03810

값_10,000원